BLOODY DOLL

KITAKATA KENZO

黙《もく》約《やく》

北方謙三

黙約
BLOODY DOLL
KITAKATA KENZO

目次

1　外科医

どこにでもいそうな男だった。

額の両端の生え際がかなり後退し、オールバックの髪型がよく似合っている。髪型の割りに、歳《とし》はあまり食っていないようだ。せいぜい四十。そんなところだろう。

「脅迫だなんて、思わないでくださいよ」

「脅迫される理由は、なにもない」

「でしょうね」

男が笑った。

「寺島《てらじま》というクランケは、確かにいた。カルテがここにないんで正確なことは言えないが、自殺未遂で運びこまれてきた。首を切りつけていてね。それから手首」

寺島が死んだと言われても、それからひと月は経《た》っているはずだ。私のところに入院設備はないので、手術して市立病院に移送している。緊急の手術が、確かに必要な状態ではあった。

「様子を詳しく喋《しゃべ》って貰《もら》えばいいんでね」

「理由がいるね」

「なぜ？」

「患者のプライバシーに関することだ。医者にも、守秘義務というやつはある」

「癌《がん》にかかったやつを、家族に知らせたりはするじゃないですか」

守秘義務というよりも、むしろ警察への報告義務だった。特に、刑事事件が連想されるものに対しては、通報の義務があるとされている。

「俺は、長いこと台湾《たいわん》にいて、一週間ばかり前に戻ってきたところでね。寺島は、古い友人だったんですよ」

「緊急の処置をした。それから市立病院に移した。それだけのことだよ。処置の内容を訊《き》きたければ、専門的になるが詳しく教えてやってもいい」

「俺が訊きたいのは、やつの様子だよ。怯《おび》えてたとか、怒り狂っていたとか、ほかになにか気になることを言ったとか」

「医者はね、そういうことは聞きませんよ。特に外傷だし、傷の状態を冷静に判断する方が先でね」

「耳はあるでしょう」

「痛い、と言ってましたね」

男が、またにやりと笑った。

　私は煙草《たばこ》に火をつけた。

　寺島は、直接私の部屋を訪ねてきた。落ち着いた男で、首と手首の止血処置は、自分でやっていた。私が開業しているのは、デパートの裏側のビルの二階で、ここから車で五分ほどだ。改めて応急処置をする必要は認めなかったので、そのまま私の車で運んだ。

「自殺未遂ってのは、先生が考えたことですか？」

「本人がそう言った。傷も、そんなふうだった。特に、手首は致命傷に近かったね」

「午前一時ってのは、先生が病院にいらっしゃる時間なんですか？」

「たまたま、いましたよ」

　男が、息を吐いた。私は煙草を消した。喫《す》うようになったのは、ここ二年ほど前からだった。医者の間では、煙草は好まれるものではなかった。

「たまたまいて、かなりの怪我《けが》なのに自分ひとりで手術して、それから大きな病院に移した。そういうことですね」

「一応は、警察にも知らせたはずだ。自殺未遂ってことは、認めたんじゃないのかな」

「先生が、そう言えとおっしゃったんじゃないんですか？」

「なぜ？　怪我の手当てをするのだけが、医者の仕事でね」

「長いこと日本にいなかったんで、俺はどうも浦島《うらしま》みたいになっちまってるのかな。納得できないことばかりでね」

「自殺しようという人間の心情は、納得なんかできない。本人すら、冷静になれば納得できないでしょうからね」

「寺島は、なんで先生のとこへ駆けこんだんだろう？」

「近くにいたってことでしょう」

「病院の？　それともここの？」

私は返事をしなかった。この男が、なにか摑《つか》んで喋っていることは、わかっていた。ただ、決め手はなにも持っていない。

「この街で開業されて、一年ですよね？」

「一年と一か月」

「なんで、この街で？」

「あなたに関係ないことでしょう」

「寺島は、二日で大きな病院を退院した。市立病院でしたっけ。担当した先生にも会ってきましたよ。手首の処置は、見事なもんだったそうです。横に深く切ってる。血管も筋もね。それを縦に開いて、きちんと繫《つな》ぎ合わせてあったそうだ。とてもひとりの処置とは思えなかったって、感心してましたね」

「腕には、そこそこ自信があってね」

「普通の医者がやったら、命は取りとめたところで、右手はかなり不自由になっただろうって話でした」

右手と言った時だけ、男の声の響きが低くなったような気がした。

寺島は、左利きではなかった。だから刃物を使う時は、右で使ったはずだ。右手首の傷は、自殺としては不自然ということになる。左利きなのだ、と病院では言ったはずだ。

「先生が、どうこうって言うんじゃない。俺はほんとうのことが知りたいだけでしてね」

「全部、喋りましたよ」

男が、二、三度頷《うなず》いた。納得して頷いたようには見えなかった。

「殺されたんですよ、三日前に。あれから数えると、一か月後ってことになるかな」

男が腰をあげて、頭を下げた。

私は見送りには立たなかった。十二畳ある、流行のワンルームのマンションというやつだ。じっとしていても、男が出ていく姿は見えた。

男の姿が消えてから、私は腰をあげ、グラスにウイスキーを注《つ》いだ。

寺島の傷は、明らかに切りつけられたものだった。右手首は、押さえつけて切りつけている。それも剃刀《かみそり》のようなものでなく、匕首《あいくち》に近い厚い刃物のはずだ。首は、乱闘で切りつけられたとしか思えなかった。頸動脈《けいどうみやく》の手前からのど仏に到っていたが、傷そのものは浅かった。手首だけで死にきれず、錯乱して首を切った、と警察では見たようだ。

なんでもない、自殺未遂事件として終った。

私はテレビのスイッチを入れた。洋画をやっていた。かなり古いものらしい。日本語の科白《せりふ》と口の動きが、時々ズレている。

電話が鳴った。

私はちょっと時計に眼《め》をやった。午後九時四十分。すでに酔っ払っている、と自分に言い聞かせて、受話器をとった。

「怪我なんだがね、先生」

「どこの？」

「腹さ。ぶっすりやられてる」

「今夜は無理だな」

「なぜ？」

「酒を飲んだ。もう酔っ払っちまってる」

「こっちとしちゃ、先生が酔っていようが素面《しらふ》だろうが、傷の手当てをして貰えりゃ、それでいいんだがね」

「酔ってると、手もとが狂う。あとで、それを理由に脅迫されたくはないしね。特に、腹というのは微妙なところだ」

「先生に、やってもらうしかねえんでね」

「酔って診察することは、禁じられてる。この街には、救急病院がいくつかあるんだから」

「わかってること、言わせねえでくださいよ。五十万は払えます」

「それで、死んじまったら」

「運がねえってことでしょうね」

五十万という金に、私はグラつきはじめていた。すべての経費を差し引いたら、私の収入はひと月で五十万そこそこだ。

「誓約書は、書いてくれるかな？」

「必要ならね」

「傷の状態は？」

男が、説明をはじめた。刺されているのは、どうやら相棒らしい。聞くかぎりでは、大した傷ではなかった。場所が腹だということで、びっくりしているだけだろう。

「三十分後、病院で。それまで、絶対に激しい動きはさせないように」

「内密で、やっていただけるんでしょうね？」

「意味がわからんな」

「つまり」

「医者は、傷の手当てだけが仕事でね。それ以外の面倒は困る」

「金は、その場で払いますよ」

電話を切った。

私は、すぐには出かける用意をしなかった。グラスにもう一杯ウイスキーを注ぎ、チビチビと舐《な》めた。出かけるといったところで、特別器具が必要というわけではない。

窓際に立って、街の明りに眼をやった。四階の部屋で、それほど遠くまで見通せるわけではない。一年前には、この部屋を借りるのでも精一杯だった。

東京から流れてきた。そういう意識は、いつまでも消えていかない。医者にも、流れ者というのはいるのだろう。この街からも、いつ消えていくかわかりはしないのだ。いまのところ、この街の居心地が悪くないというだけのことだった。

グラスに残っているウイスキーを飲み干した。

まともな治療を受けられない怪我人を手当てするのは、東京で馴《な》れてきたことだった。次々に、そういう怪我人が運ばれてくるわけではない。その意味で、ここは平和な街だ。収入もそこそこそれで確保できる。

医師免許を取りあげられなかったのが、いいことだったのかどうか、ということについては時々考えた。免許がなくなっていれば、もぐりの医者をやったかもしれない。あるいは、諦《あきら》めて別のことをはじめたかもしれない。

時計を見た。まだ十五分ほどしか経っていない。

もう一杯、飲《や》る時間は充分にあった。

2　夜

日吉町《ひよしちょう》の『あさみ』というスナックに、このところ通うようになった。バーテンがひとりと明子《あきこ》というママと夏子《なつこ》という女の子の、三人しかいない店だ。カラオケが入っていて、ひどく騒がしい夜もある。

私が出かけていくのは、大抵十一時過ぎで、そのころはすでにかなり酔っていた。

「めずらしいのね、今夜は酔ってない」

明子が、カウンターに腰を降ろした私の背後で言う。

「飲んじゃいるさ」

言いながら、私は眼で夏子の姿を捜した。ボックス席の方に、女も混じえた中年の集団がいて、騒々しくカラオケをやっている。客はそれだけだった。

「ターキーのロック」

註文《ちゅうもん》する前に、バーテンはターキーのボトルを手に持っていた。

「仕事だったのね」

「わかるか？」

「血の匂《にお》いがするもの」

見返した私に、明子は歯を見せて笑いかけた。

「冗談よ。怕《こわ》いというんでもないな。どこか、顔から緊張が抜け切ってない。そんな感じなのよ」

明子は、三十をいくつか越えた女だった。離婚経験が二度あり、客とも手軽に寝る。私も一度抱いたことがあった。ふくよかな躰《からだ》つきをした女だ。大きな胸の脹《ふく》らみに顔を押しつけると、口も鼻も塞《ふさ》がれて息ができない。

気のいい女、というやつだろう。だから、客が入っている割りには、それほど儲《もう》かってもいない気配だった。ツケの半分も取り立てれば、それで礼を言ってしまうようなところがある。残りのツケを取り立てに行くのが、バーテンの仕事だ。明子とバーテンの関係は知らない。

いかにも安手のスナックだった。この街にはお似合いというところか。金歯を照明に輝かせながら、うっとりと唄《うた》っている中年女をよく見かける。

私は、店にとってはいい客のはずだ。ワイルド・ターキーはこの店で一番高い酒だったし、いつも現金で払う。だから誘われたら寝るのだ、という気配が明子にはあった。

「夏子は休み」

「そうか」

「それも冗談。お客さんを送って出たとこよ。近くの店で、一杯飲まされてんのかもしれないわね」

ターキーを口に運んだ。グラスの中で、氷がカチカチと音をたてた。

扉が開いた。入ってきたのは、夏子の姿ではなかった。

「こんなとこで、飲んでんですか、先生」

男は、私のそばに腰を降ろした。

「しつこい人だな」

「偶然、ここに入ったんですよ。知らない街で、馴染《なじ》みの酒場《みせ》もないもんだから。もっとも、日本のどこの街にも、馴染みはありませんがね」

男は、私のグラスをちょっと見て、同じもの、とバーテンに言った。私は煙草に火をつけた。流れてきた煙を、男はさりげなく手で払った。

「高村《たかむら》と言います」

「さっきは、寺島の友人だと言った。怪我のことを訊きたいと言うから、部屋に入れた」

「そうですよ」

「いまは、なにかね？」

「どういうことですか？」

「刑事。違うのかな？」

「外れですな。やっぱり寺島の友人で、高村と言います」

「なぜ、名乗るんです？」

「二度目に、お目にかかったわけですからな。つまり顔見知りってやつです。ほんとなら、俺の名前なんか知らん方がいい。そう思って名乗らなかったんですがね」

高村は、グラスの氷をカチカチといわせるだけで、飲もうとはしなかった。

「十時過ぎてから、病院に行かれることもあるんですね」

ようやく、高村はグラスに口をつけた。尾行《つけ》られていた。そう思っていた方がいいだろう。まったく、こんな夜に都合よく腹を刺された男が、よくいたものだ。

「患者から電話があったんでね」

「つまり、お得意さん、おっと、こんな言い方じゃいけないんですね」

「患者のことを、他人に喋る気はない」

腹の傷は、大したものではなかった。脂肪の層と筋肉が、刃物が内臓に達するのを妨げていた。ちょっと大袈裟《おおげさ》な処置をし、七針ほど縫った。際どいところだったが、命は助かる、と相棒には言ってやった。化膿《かのう》止めの抗生物質を出し、一週間後に抜糸に来いと言って、その場で五十万受け取った。

「どうも、大した怪我人じゃなかったようですな。一時間ばかりで出てきた」

「台湾はどちらに？」

「二人とも、人相はよくなかったですよ」

「私も、何年か前に一度行ったことがあります」

「腹でしょう、腹を刺されてた」

「冬場に行くには、いい気候だな。嫌いじゃありませんよ、あそこは」

「普通は、あんな治療は、もぐりの医者がやるもんなんだけどね」

「なんと言ったかな。うまい果物があった」

「傷害事件がひとつ、闇《やみ》に葬られたな」

「八重山《やえやま》諸島からなら、沖縄《おきなわ》本島より近いですよね」

「俺は、先生みたいな医者がいるってことが、別に悪いことだとは思いませんよ」

「台湾は、女の子もやさしいそうですね」

「つまらん暴力沙汰《ざた》でも、すぐ警察に通報したがる病院が多すぎる」

「アフリカへ行かないか、という話も一度あった」

男が笑い出した。私はグラスのウイスキーを飲み干した。グラスの底でカウンターを叩《たた》くと、バーテンがやってくる。

「よしましょうか、もう」

「ブラジルへという話もあったな」

「わかりましたよ。先生の口がどれほど堅いかは、よくわかりました」

二杯目のグラスに口をつけた時、扉が開いた。夏子が戻ってきたようだ。

「わかりましたが、俺はどうしても、寺島のことを調べなくちゃならねえんでね。寺島のために、そうしてやろうと思ってんです」

「時々、むなしくなるな」

「なにが?」

「わからない。ただ、時々むなしくなる。切れば血が出る躰。それを扱っていると、時々むなしくなる」

「心ってやつまで、切ることはできないですもんね」

そうなのかもしれない、と私は一瞬だけ思った。心を切ると、血の代りになにが出てくるのか。

夏子が、嬌声《きょうせい》をあげていた。ボックス席で、マイクを押しつけられているようだ。イントロが流れはじめた。雨の夜。見つめ合う男女。ネオンの輝き。十年以上も前に流行した、甘い歌謡曲だ。唄っていたのがなんという歌手だったのかは、忘れてしまった。

「この唄が流行《はや》っていたころ、俺は日本を出ましてね」

高村が、グラスのウイスキーを空けた。私のやり方を真似《まね》るように、グラスの底でカウンターを叩く。バーテンがやってくる。

夏子の、甘ったるい声が流れはじめた。どこか得意になっている。その分だけ、野卑《やひ》な唄になっていた。明子の声が、時々重なってくる。間奏の間に、客たちの掛け声が入る。

「しばらく、この町にいます。寺島が殺された原因は、どうやらここにありそうなんでね」

「じゃ、もっと脈のありそうなところを捜すんですね」

「先生のところにも、脈はあると思ってるんですよ」

「勝手に思えばいいさ」

夏子の唄に、しばらく耳を傾けていた。お世辞にも、うまいとは言えない。自分で、自分の唄に酔っている。それはそれで構わなかった。カラオケなど、自分が酔うためのものだ。

「飲まされた上に、唄までやらされて」

ようやくボックス席から解放された夏子が、私の隣りへ来た。高村の視線が、一瞬夏子にむけられた。

「金曜日だな、夏子」

「約束、したっけ」

「忘れられちまったか」

「憶《おぼ》えてるわよ」

他愛ない女だった。夏子は、高村の方にちょっと眼をやった。連れだと思っているのだろう。高村は、酒棚を眺めながら、二杯目のグラスを舐めている。

「この人は、そろそろ帰る」

「あたし、一時半にならなきゃ、出られないのよ」

囁《ささや》くような声だ。十二時五十分だった。

「一緒に出るか？」

「外で待っててよ。店から離れたところで」

「交差点の手前のところに、俺の車がある」

「わかったわ」

耳もとで囁き交わしただけだ。高村には聞えていないだろうが、気配は察したはずだ。夏子が、またボックス席に呼ばれていった。中年の客たちは、酔って礼儀などというものは忘れてしまっている。

私はカウンターに、二杯分の金を置いた。

「ごめんなさい」

明子が、腰をあげた私の腕をとった。

「今夜は、もう眠い」

戸口まで送ってきたのも、明子だった。

私はそのまましばらく歩いた。酔いを醒《さま》すのにはちょうどいい。

十五分ほど歩いて、車に戻った。

「あんな小娘を、本気で相手にするのかね、先生?」

高村だった。

「しつこいのは承知の上でね。あの娘が出てくるのは、一時半でしょうが」

「いい耳だね」

「客におだてられたりして、いまが一番危ない時だな。だけど、小便臭い小娘じゃないですか」

「女の趣味まで、とやかく言われなきゃならないのかね」

「勝手ですよ、そいつは」

街灯の下で、笑った高村はずっと老けて見えた。

私は車に乗りこんだ。往診中とか、緊急とか書いた札が、グローブボックスに入れてある。つまり、医者の特権というやつだ。駐車違反でキップを切られることはない。

私は、緊急という札を、ダッシュボードの中に収《しま》った。

「なるほどね。便利なもんだ」

「気軽に往診したりする医者が、めっきり減ってね」

高村は、運転席の脇に立っていた。私は煙草に火をつけた。

「また、飲みましょうや、先生」

「気が向いたらな」

「おかしな人だよ、先生は」

「あんたもね」

ちょっと笑って、高村は車に背をむけた。

私は、煙草を一本喫い終えるまで、じっと動かなかった。それからエンジンをかけ、デッキにミュージックテープを押しこんだ。

ミラーに夏子の姿が見えたのは、一時四十五分を過ぎてからだった。再び、緊急の札を出した。車はここに置いていく。

3 海

待合室が混雑していることなど、一度もなかった。診療科目には、内科や小児科も入っている。腹痛を起こしている子供が連れられて来ることはなかったし、風邪と思いこんでいるアレルギーの患者もいなかった。なんとかして病気を捜そうとしている老人は、時々やってくる。やさしい言葉はかけない。気休めの治療もしてやらない。

繁盛するはずのない病院だったが、一日に五、六名の患者はいる。

正午ぴったりに、午前中の診療は終えた。土曜の午後は休診である。

白衣を脱ぎ、出前のカレーライスに手をつけようとした時、看護婦の山根《やまね》知子《ともこ》が入ってきた。まだ着替えていない。

「お客さまですが」

「診療は終った、と言ってくれ」

「それが、警察の方だとおっしゃってます」

ちょっと考えた。裏の治療が発覚したのか、ということがまず頭に浮かんでくる。怪我人の治療をしただけである。金の受け渡しの証拠は、なにもない。

「昼めしを終えるまで、待合室にいて貰えよ」

カレーライスにとりかかった。出前のものなので、ただでさえ冷めかかっている。

ドアが開いた。山根知子がなにか言う声が聞えてきた。振り切るように、若い男がひとり入ってきた。白いワイシャツにネクタイ。上着は手に持っていた。

「令状は？」

「なに？」

「強引に入って来るには、令状というやつが必要なんだろう。持ってるから、入ってきたんだよな」

「訊きたいことが、あっただけだよ」

三十にはなっていないようだ。柔道でもやっているのか、猪首《いくび》で、厚い胸だった。

「食事中」

「こっちも仕事中でね」

「海岸沿いの道を、ずっと東へ行け」

「どういう意味だ」

「この街の郊外になるが、大きな病院がある」

「それで？」

「精神科があるよ、そこには。地球が自分中心に回っている、と思うことは勝手だが、それで行動に移すようなら、治療の必要はあるな」

「ふざけてんのか、あんた？」

「いや。食事が終ってから会う、と看護婦が言ったはずだ。出ていけ」

「公務だよ、こっちは」

「警察を呼ぶぞ」

「わからん人だね。俺は東京から来た刑事なんだよ」

「刑事だったら、俺の食事の邪魔をしてもいいのか。いい加減にしろよ」

「協力しない、と言うのかよ？」

「そうは言っていない。食事が終ってから協力するから、待ってろと言ってる」

「急いでる」

「人には、それぞれ事情があるさ。三秒以内に部屋を出なかったら、ほんとうに警察を呼ぶぞ」

舌打ちが聞えた。それからドアの閉る音。

私はカレーライスを口に運んだ。これ以上冷めるのはごめんだった。待合室から、刑事と知子の話し声が聞える。刑事の声は大きいが、時々知子の笑う声が入り混じっていた。

カレーライスを平らげ、煙草を一本喫ってから、刑事を診察室に入れた。患者用の、背《せ》凭《もた》れのない椅子《いす》に腰かけさせる。

「職務とさえ言えば、なんでも通用すると思っている、君の特権意識は治療の必要があるね。そんなのにかぎって、権力にはペコペコ頭を下げて、弱い者には強くなる」

刑事が、頭に血を昇らせるのがわかった。

「あんた、闇の治療をしてるね」

「なんだと」

「寺島悟《さとる》という男の手術をしたろう。五月二十六日の夜だ」

「したよ」

「いつも、あんなふうに治療したりしてんのかい?」

「怪我人が来ればね。それが医者の仕事だ。闇の治療とは、どういうことだね。まず、こっちの納得のいくように、説明して貰おう。場合によっちゃ、ただじゃ済ませられない。覚悟して、よく喋れ」

「保険証もなにもなしで、治療してくれるって噂《うわさ》じゃないか」

「たとえば、交通事故の怪我人が運びこまれてくる。なにを最初にやるかね。身許《みもと》調べか。勿論《もちろん》、保険証など持っていないし」

「わかったよ」

「出て行け」

「なんだと」

「二度と言わせるな。出て行け」

「協力しないってのか？」

「いきなり、診察室に押しこんでくる。ちょっとの時間待って貰うためにも、警察を呼ぶとまで言わなくちゃならん。その上、闇の治療って噂を持ち出してくる。言っておくが、闇というのは医師免許を持っていない人間がやることだ」

「理屈っぽい人だね」

「自分を守りたいだけさ。俺は、官憲《かんけん》の理不尽は許さないことにしている」

男と眼が合った。警察手帳で、大抵のことを通用させてきた男なのだろう。いつまでも、それが続くとも考えている。

「出ていけ」

声を荒らげた。膝《ひざ》に置いた男の拳《こぶし》が、ピクリと動いた。しばらく睨《にら》み合った。舌打ちをして、男が腰をあげる。

ドアを開けて男の出口を示した山根知子が、含み笑いをしている。

「いいんですか？」

男の姿が消えてから、知子が言った。私は黙って煙草に火をつけた。

「闇、なんて言ってましたわ」

「君も、闇だと思うのか？」

「まさか。先生の腕は一流です。ただ、傷害事件なんかの聞き込みに警察が来た時は、協力した方がいいんじゃないでしょうか」

「協力したくない。だからしない。それだけのことだ」

レントゲンと、簡単な手術の設備がある。看護婦はひとりだけ。街の小さな開業医だ。地元の医師会には、名前だけ所属している。この街では、大きな病院からの、アルバイトの誘いもなかった。

「今度、診察していただきたい人がいるんですけど」

「料金を払って貰えば、断る理由はないな」

「内密にです」

言って、知子はまた含み笑いを洩《も》らした。二十四かそこらのはずだ。外科の看護婦の経験はあるようだった。血を見て卒倒されたのでは、手術などはお手あげだった。

「医者は、患者のプライバシーは守るものだよ、大抵の場合は」

「気難しい患者なんです。手が動かないのを、気持のせいにしてます」

「そういう場合が、少なくはない」

「会っていただけますか?」

「いまの刑事みたいに、無礼な男じゃなかったらな」

「紳士です。申しぶんのない紳士ですわ」

私は頷き返した。若い女に紳士と呼ばれるのがどんな男なのか、ちょっと考えた。

カルテの整理をした。いつも週末にやることにしている。カルテを作っていない患者が、毎週ひとりはいる。多い時で、週五人というのもあった。

知子が、着替えをして帰っていった。

面接をした時、いい女だと思った。だから雇ったわけではない。器械出しのテストをして、合格したから雇っただけだ。腕はいいが、ちょっと崩れたところがあった。それも、私は気に入った。

知子を目当てにした患者が、時々やってくる。女で客を呼ぶなど、まるで酒場のようなものだ。ちょっと痛い治療をしてやる。検査の項目も増やして、金も取ってやる。

知子は、この街に来て二人目の看護婦だった。すでに八か月になる。八か月間、一度もスカートを脱がせようとしなかったのは、私にしてはめずらしいことだった。最初の看護婦は、三日目に診察台に押し倒した。三十五を越えた女で、人妻だった。パートタイムという感覚でやってきていたのだ。胸も腹も大きくて、裸にすると妊娠しているように見えた。

三か月で、馘《くび》にした。抱いたのは二度だったが、二か月放《ほう》っておくとむこうから私を求めて来たのだ。

カルテもレントゲン写真も、すぐに整理がついた。

上着をひっかけて、病院を出た。

車。駐車場の外に待っていて、付いてきた。私は、海沿いの道に出て、しばらくのんびりと走った。土曜の午後なので、かなり車は多かった。それでも田舎なのだ。二台、間に置いて尾行《つけ》てくる白い車は、いつもミラーにはっきりと映っていた。

駐車場に車を入れた。『レナ』という、海岸にポツリと建ったコーヒーハウスだ。

娘が頭を下げ、笑いかけてきた。母親の方は、カウンターの中だ。

ここのコーヒーがうまいということを、私は半年ほど前に発見していた。焙煎《ばいせん》をやるのが、註文を受けてからだ。薄皮も、きれいに取り除く。

「そろそろ、客が増える時期かな」

近所に、海水浴場がある。去年の夏は、このあたりに近づこうなどという気は起きなかった。

「水着の入場はペケ」

　言って安見《やすみ》が笑った。カウンターの中の母親とは、義理の関係なのだろう。骨格を見るとそうだった。しかし、血の繋がりのある母親より、ずっと肉親という感じが漂っている。母親の方とは、あまり喋ったことがなかった。カウンターに腰かけず、テラスに面した窓際に腰を降ろすから、言葉を交わす機会はあまりないのだ。

「夏休み、じゃないよな、まだ」

「土曜日は、一時からアルバイトです。前にも、そう教えてあげましたよ」

　水を置いて、安見が言った。まだ中学生だ。この店のオーナーは、ホテル・キーラーゴの社長だという噂を聞いたことがある。

　テラス際の席から、私はいつも海を眺めながらコーヒーを飲んだ。海が好きだ、と思っているわけではなかった。海が思い出させてくれるものに、甘美なものはなにもない。

　それでも、気づくと海のそばで暮しているのだった。東京から最初に流れ着いたのは、千葉県の、銚子《ちょうし》に近い小さな街だった。その次は、島根県の、街とも言えない漁村のようなところだった。

　コーヒーが運ばれてきた。

　香りを、私はしばらく愉《たの》しんでいた。カップも、高価ではないが凝ったものだ。

「桜内《さくらうち》さんて、お医者さまなんですって？」

ほかに客はいなかった。安見も手持無沙汰《ぶさた》なのだろう。

「なんの医者に見える？」

「そうだな、精神科。だって、神経質そうだもん」

けものの医者さ。言いかかった言葉を、私は途中で呑《の》みこんだ。中学生相手の冗談ではなかった。

「外科さ」

「じゃ、ネンザなんかも診て貰えるんだ。あたし、テニスやってるんです」

「転んだら、診せにおいで」

話を打ち切るように、私は海に眼をやった。穏やかな海だ。その海が、私の心まで穏やかにするということはなかった。

4　手術

大崎《おおさき》と名乗る女の医者から電話があったのは、日曜の朝だった。

「やっていただきたいことがあるの。銃弾の摘出。お願いできるかしら」

いきなり切りこんできた。

「大きな病院に運ぶんだね」

「銃弾ということで、電話の意味はわかっていただけると思うけど」

「日曜日の朝に？」

「十五万、お払いします。かなり難しい手術だと思うわ。普通の医者じゃ無理ね」

断りかけた言葉を、呑みこんだ。十五万で裏の治療はやらない。

「あなたに、あたしは眼をつけたの」

「ほう、なぜ？」

「原田道夫《はらだみちお》氏の手術の痕《あと》を見たわ。三月ほど前にね」

女房に刺されて、飛びこんできた男だった。連れてきたのも女房で、刺してしまった自分に驚いて、取り乱していた。腸を深く傷つけていたので、簡単な手術というわけにはいかなかった。知子を残し、下半身の麻酔だけで、二時間かけて手術をした。半年ほど前のことだ。

「十五万で、俺が銃弾の摘出なんかやると思うかね？」

「お金でやってるだけじゃない。あたしはそう見たわ。あの手際はね、人の躰をいじるのが好きなのよ」

束《つか》の間、私は黙りこんだ。気持は、やるという方に動いている。

「どこで？」

「動かすのは、もう危険な状態だと思うわ。だから、あたしのところ。手術室があるわけじゃないけど」

「わかった。これから出ることにしよう」

「必要なものは？」

「輸血用の血と、ロープ」

「ロープ？」

「おたくの診察台は、多分血まみれになるだろう。診察台に縛りつけてやるしかないだろうから。ほかに必要なものは、一応持っていく」

場所をメモした。

外で手術をすることは、あまりなかった。どんな場合でも、一応は病院に来させる。ただ、この場合、専門家が動かすと危険だと判断しているのだ。

一週間用の、小さなスーツケース。そこに手術に必要な最低限の道具は用意してある。それに、数種類の薬を加えた。

日吉町と隣接した、海側が三吉町《みよしちょう》だった。似た名前で紛らわしいが、町名変更がされそうな気配はなかった。

大崎内科の看板は、すぐに見つかった。住宅街の中で、二階は住居になっているようだ。

病院の玄関ではなく、住居の玄関の方のチャイムを、私は鳴らした。出てきたのは、顔色の悪い、長身の男だった。腎臓《じんぞう》を悪くしていることは、むくんだ顔からもすぐにわかる。

「桜内だがね」

言うと、男は黙って頷いた。親指を立てて、来いという仕草をする。横柄だが、いやな感じではなかった。

「俺は宇野《うの》という。弁護士をやってる」

「旦那《だんな》じゃないのか？」

「ひろ子女史は独身さ」

廊下の突き当たりのドア。むこうが診察室になっていた。男がひとり、診察台に横たわっている。まだ若い、小柄な男だ。

「大崎ひろ子です」

痩《や》せた、四十歳くらいの女だった。宇野とどういう関係なのかは、わからない。

私は、診察台の男を覗《のぞ》きこんだ。肺と腸に一発ずつ。肺は、かなり心臓に近い。躰の外への出血より、内側への出血の方が問題だろう。

「輸血は？」

「チアノーゼが出てきたんで、二百cc入れたわ。血圧はなんとか保っているわ。きっと頑丈な男よ」

スーツケースを開けた。

男の服を、鋏《はさみ》で切り開いていく。もう、脱がせたりしない方がよさそうだ。

「頼むぜ、先生」

「喋るな。肺に出血するぞ。全身麻酔はかけられない。かなり苦しいと思ってくれ。死んじまったら、あの世で俺を恨めよ」

「待ってくれよ、おい」

「喋るなって言ったろ。大事なことがひとつある。死にたくない。そう思い続けるんだ。苦しくても、そう思ってろ。医者は、心の中まではいじれんからな」

丸裸にした。まず、麻酔を三本ほど打った。胸も腹も、同時に手術するしかない。

私が手術着に替えている間に、大崎ひろ子は患部のまわりをアルコールで消毒していた。ついでに、ヨードチンキも塗りたくっている。

「銃の口径はわかるかな？」

大口径ではないだろう。二発とも、体内に留《とど》まっている。ハロー・ポイントという弾丸があって、それなら厄介だった。

「二二口径。ラウンドノーズの弾頭《ブレット》。本人の申告だがね」

「詳しそうだね、宇野さん」

「俺も、片腕を吹っ飛ばされかかったことがあるんでね」

「この街でかい？　一年ほど住んでいるが、それほど物騒な街とは思えないがね」

「六、七年も前にここに来てたら、君は大繁盛していたはずだ」

皮肉っぽい喋り方をする男だった。

私は、用意してあったロープで、男の躰を診察台に縛りつけた。かなりの量のロープを全部使ったので、男は蓑虫《みのむし》のようになった。不安そうな眼で私を見ている。

「死ぬよりいいだろう」

大崎ひろ子も、手術着に替えてきた。

「内科でも、こんなもんを使うんだ」

「趣味で持ってるだけよ」

肘《ひじ》から下を、アルコールで消毒した。さらに麻酔を四本打った。効いてはいるようだ。電気スタンドを三つ持ってきて、傷口に光を当てた。男の口には、巻いたタオルを嚙《か》ませた。

「生き延びたい、とだけ念じてろ」

射入口の角度の見当をつけた。銃弾の摘出は、この一年で四度やった。二度目の時、弾丸がなかなか見つからなかった。弾丸にもいろいろ種類があり、それによって体内での動きが変ってくることを、はじめて知った。損傷の具合も、弾丸によってまるで違う。医学専門書より、銃器の雑誌の方が、それを詳しく教えてくれた。

「血は、かなり吐いたかね？」

「二百ccというところかしら」

「それじゃ一リットル近く、肺に溜《たま》っていると考えた方がよさそうだな。宇野さん、あんたにも手伝って貰う。大量の脱脂綿がいるんだ。それを手渡してくれ」

「わかった」

「気分が悪くなっても、傷口に反吐《へど》はぶちまけないでくれよ」

もう一度、手の消毒をし、手袋をつけた。

すぐにはじめた。肋骨《ろっこつ》を開く手術は、大袈裟すぎる。肋骨の間の隙間《すきま》。うまくすれば、そこからなんとかできる。難しい局面になれば、肋骨を一本だけ除けばいい。

メス。射入口が拡《ひろ》がった。ラウンドノーズという、貫通力の強い弾丸のせいか、中はそれほど傷んでいなかった。肋骨と肋骨の間に支えを挟んで隙間を広くし、奥へと進んだ。

心臓の下側。きわどいところに、弾丸は留っている。動脈を一本だけ、止血鉗子《かんし》で止めた。心臓が収縮した時を見計らって、脱脂綿を挟んだピンセットを入れる。溜った血を、少しだけ吸い出した。

心臓の動きが、直接影響してくるところに、弾丸はある。血を吸い出しても、弾丸の端は見え隠れしていた。タイミング。収縮をはじめたところでピンセットを入れ、拡張してくる前に抜き出す。小さな弾丸だった。それを私は、床に捨てた。三八口径以上のものだったら、確実に心筋に損傷を与えていたはずだ。

まだ残っている血を、脱脂綿で吸い出した。大きな出血個所は、止めていく。消毒。多少の血が残るのは、仕方がないだろう。出血さえ止めておけば、あとで咳《せき》とともに排出される。

縫合した。

すぐに、腹の方にかかった。

男の呼吸は苦しそうだ。ひどい汗もかいている。きわどい勝負になりそうだった。

腹の中。レントゲンで弾丸の場所を捜すこともできないので、射入口の角度から見当をつけていくしかない。腹筋を、筋に沿って切り開く。腸が破れていた。いやな臭気があがってきた。苦しいのか、男は躰を動かそうとしている。ロープで縛りつけて正解だった。

時間との勝負になる。悠長に、弾の場所を確認してはいられなかった。破れた小腸。そこにピンセットを差し入れていく。眼を閉じる。徐々に、躰の奥に進めていった。

触れた。感じた時は、ピンセットの先に挟んでいた。眼を開き、ピンセットを引き出す。弾丸を床に捨てる。床に当たる音が、はじめて私の耳に届いた。

破れた腸の周囲をきれいにし、血も止めていく。細い腸線での縫合。腸はきれいになった。腹膜炎に移行することは、まずないだろう。閉じた。縫合を素速くやり、点滴と輸血の準備にかかった。

「見事なものね」

無言で助手を務めていた、大崎ひろ子が乾いた声で言った。

男を縛りつけたロープを解いた。男の眼が、私を見あげている。

「終ったよ。あとしばらくだ。痛くなれば、生きてるって証拠だと思え」

男が、眼で頷いたような気がした。血圧は下降気味だが、やがて持ち直すだろう。生命力は強い男だった。

「鎮静剤を打っておく。眠くなるぜ。眠りこむ前に、生き延びるんだと念じろよ。三日間は動かせん。ここでじっとしてるしかない。あとは、この女の先生がやってくれる」

私は手袋をとり、手術着を脱いで、上半身裸になった。余った脱脂綿で、床やベッドの周囲の血を拭《ぬぐ》い取った。

最後に、手術器具をアルコールできれいにした。

「よかったら、シャワーを使って」

大崎ひろ子が言った。

「いいものを見せて貰った。君は腕のいい外科医だよ。君になら、自分の躰を委《ゆだ》ねてもいい、という気分になった」

宇野が言った。

「腎臓かね、宇野さん?」

「両方とも、駄目になってってね。移植というやつも、俺は信用していない」

「なぜ、駄目になった?」

「交通事故さ。生き延びたのは、運がよかったんだと思ってる。戻ってきた俺に、キドニーとニックネームを付けたやつがいる」

「いい名前だよ」

「ごついキドニー・ブローを食らった。そう言うことにしているんだ」

キドニーが、笑った。それも、やはりどこか暗い表情にしか見えない。

「シャワー、あんたがさきに使えよ」

大崎ひろ子に言った。

「俺は血に馴れている。それに、レディファーストというやつもあるしね」

「一緒にどう、よかったら？」

眼鏡をはずすと、大崎ひろ子の表情から、不意に色気がこぼれ出してきた。

「血を見ると、性的に興奮する女って、いるのかい？」

大崎ひろ子が出ていくと、キドニーが言った。私はちょっと笑い返しただけで、もう一度男の血圧を測った。

この男は命を拾った。それは多分、間違いはないだろう。

5 休日

酸味のあるコーヒーだった。

私は白いシャツに着替え、煙草をくわえた。部屋の中は、キドニーが吐くパイプの煙に満ちている。悪い香りではなかった。

「岬の手前に、『レナ』という店がある。彼女は、あの店に対抗するコーヒーを淹《い》れようと、いろいろと凝っていてね」

「焙煎から自分でやる、というのが秘訣《ひけつ》だという気がしてきたわ。邪道だと思ってたんだけど」

「あれは、秋山《あきやま》がフロリダで覚えてきたやり方さ。本来的で、素朴なコーヒーというわけだ」

酸味の強いコーヒーは、私の趣味には合っていなかった。それでも、まずいというほどではない。念入りに淹れたものなのだろう。

「どこから来たんだ、桜内さん？」

「地の果てからさ」

「そんな言い方にも、微妙なリアリティがあるね。外人部隊の医者をやっていたと言われても、信用したくなるぜ。あの手術を見ていればな」

「まあ、ギリギリで間に合った、というところだろう。生命力も持っていた」

コーヒーと煙草。それだけで生きていたような時期がある。それでも、いまほど気持は荒《すさ》んでいなかった。

「この街は、大人しい街だと思ったが」

「川中《かわなか》というのがいる。まあ、裏にいるボスというところかな。こいつが悪質だ。だから、ダニがあまりはびこらない。川中の毒気に、みんなあてられちまうんだ」

「はじめて聞く名だな」

「酒は飲むか？」

「時々。いや、しばしばかな」

「繁華街の真中に、『ブラディ・ドール』というクラブがある。入口はどうってことないが、この街では一番の店だろう」

「繁華街の方には、あまり飲みに行かないんだ。日吉町のあたりで飲んでる」

「そいつは変ってるな。あそこは、地元の連中が飲むところだぜ。フラリとこの街へやってきて、あんなところで飲むって心理は、どういうんだ」

「場末が好きなだけさ」

大崎ひろ子の家の居間は、ありふれた家具と、ありふれた絨毯《じゅうたん》があるだけだった。気配としてはひとり暮しだが、掃除などは行き届いている。

「どこの病院にいたの？」

「いろいろさ」

「そう」

大崎ひろ子が投げかけてくる、好奇心に満ちた視線は、愉快なものではなかった。

私はコーヒーを飲み干し、二本目の煙草に火をつけた。気づくと、縫いぐるみのように小さな犬が、私を見あげていた。ちょっと舌を鳴らした。犬は、私の膝に跳びあがってきた。

「猫みたいなジャレ方をするな、こいつ」

「自分を猫と思ってるかもしれないの。この子が赤ん坊の時に、うちには白い猫がいたわ。猫の方も、よく躰を舐めてやってた」

「犬が好きだと、猫は嫌いだとよく言うが」

「そんなことないわね」

キドニーが、一万円札を揃《そろ》えてテーブルに置いた。相変らず、パイプはくわえたままで、煙突のように煙を吹き出している。

「この十五万、あんたが出すわけか」

「そう思うか？」

「生命力はあっても、金はなさそうに見えたよ、あいつは。自分の命を買う金すらね」

「もしそうだとすると、安くなるのか？」

「いや。仕事は仕事だ。第一、こんな金で割りに合う仕事ではなかった」

二つに折り、私はズボンのポケットに突っこんだ。金を受け取ってしまえば、ここにはもう用はなかった。術後の処置は、大崎ひろ子が心得ているだろう。

「便利な男を見つけたよ」

「いつも、端金《はしたがね》で仕事をするとは思わんでくれ」

言って、私は腰をあげた。

日曜の街を通り抜けて、マンションに戻った。白い車から、きのうの刑事が出てきた。白髪の多い中年の男が一緒だった。

「スーツケースなんか持って、旅行か？」

私は、二人を無視していた。

「いや、きのうは、うちの若いのが失礼しましたね」

中年の男の口調は、まがい物を売りつけようとするセールスマンのように、慇懃《いんぎん》な強引さがあった。

「六月二十四日に、寺島悟という男が射殺されましてね」

「五月二十六日の夜、自殺を図ったが、死にきれないで飛びこんできた。手術をして、大きな病院に回したよ」

「なぜ、おたくへ？」

「知らんな」

「はじめから、大きな病院に飛びこんでもよさそうなもんだ。先生は、傷害事件かもしれないということで、警察に通報はされませんでしたね」

「傷害事件？」

「自殺未遂だと思われた。それで、気軽に手術もされた」

「警察に通報していないことは、むこうの病院に伝えたよ。本人がむこうにいるんだから、通報するなら、むこうだろう」

「確かにね。しかし、怪我の状態というのは、手術した先生が一番わかるはずだ」

「自殺未遂の傷だった」

「左利きならね」

「ふうん、左利きじゃなかったわけか」

「違いましたね」

「本人は、左利きだと言ったよ」

「そうですか。ところで、カルテなんか見せていただけますか？」

「令状があれば」

「出ませんよ。ひと月前の自殺未遂に関しては。われわれとしては、二十四日の殺しと、自殺未遂が関係あると読んでるわけで」

「カルテは、寺島が運ばれた大きな病院にもあったでしょう。そこでは、俺みたいにうるさく言わず、見せたわけでしょう」

「書き方に予断がありましてね。つまり、医者は自殺未遂だと思いこんでる。こっちが警察だということで、快く協力してくれましたが」

「俺は見せない」

「なぜ?」

「相手が、警察だからさ」

私は二人に背をむけ、玄関に入っていった。

きのう尾行《つけ》てきた白い車。今日も、尾行《つけ》ていなかったとはかぎらない。

部屋へ戻ると、すぐに大崎内科に電話を入れた。出てきたのは、キドニーだった。

「警察に尾行《つけ》られた可能性がある」

「ほう」

「ひと月ほど前、自殺未遂の治療をしてやった。その男が、二十四日に、東京で射殺されたんだそうだ」

「寺島悟か」

「知ってるのか?」

「なるほど。君のところで手当てを受けたのか。運がよかったわけだ」

「とにかく、その件で警察に尾行《つけ》られたりしている」

「俺の名前を出せよ。君の顧問弁護士になってやろうじゃないか。地元の警察には、かなり威力があるはずだ」

「とにかく、知らせたよ」

「おもしろいな」

「なにが？」

「君という男がさ。ちょっとばかり、関心を持ったよ。俺が関心を持つ男というのは、滅多にいないんだぜ」

「俺は、別にあんたに関心はない」

電話を切った。

もう一度、シャワーを使った。病院で頭から湯を浴び、帰宅してからもう一度浴びる。インターン時代から、手術の時の習慣のようになっていた。

血を、嫌いだと思ったことはなかった。人間の躰を切り刻むという行為も、特に気持の中のなにかを鋭くしたり鈍くしたりすることはなかった。二度シャワーを使えば、大抵は平静に戻った。執刀後、酒を浴びるように飲む医者は、何人も知っている。酒が飲めなければ、女だ。

しばらく、裸でクーラーの風に当たっていた。寺島悟という男のことを、ちょっとだけ考えた。長身で、どちらかというと痩せていた。切れた動脈を繋いでいただきたいんですがね。もの言いも落ち着いていて、とてもひどい傷を負った人間には見えなかった。出血のため顔色が悪く、逆にそれが落ち着いた表情に見せていたのかもしれない。

私を測るように、眼から視線を逸《そ》らそうとはしなかった。どうやって私の部屋の場所を知ったのかは、言わなかった。まともな傷じゃありませんでね。そう言って、かすかな笑みを洩らしただけだ。

私の部屋に電話をしてくる人間はいても、直接訪ねてきたのは、寺島がはじめてだった。止血処置の思い切りのよさが、私をいくらか驚かせた。肘の上のところを、錆《さ》びた針金で締めあげていたのだ。下手をすると、右腕をなくしてしまいかねない縛り方だったが、血は完全に止まっていた。

朝食も昼食も、まだだった。午後二時を回ったところだ。私はフライパンに油を引き、卵を三つ焼いた。セロリと生ハム。冷蔵庫に入っているものは、それくらいだった。

食料は、いつも土曜の午後か日曜に買っておく。料理は嫌いではなかった。時々、凝ったシチューなども作る。

卵が焼けた。牛乳もなかった。棚の奥のバドワイザーの缶を、六、七本冷蔵庫に放りこんだ。温《ぬる》いバドワイザーで、卵とセロリと生ハムの食事をした。夕食は、どこかのレストランで済ませることになるだろう。ホテル・キーラーゴかシティホテルなら、ちゃんとした料理を食べることができる。

腹が満ちると、私はジョージ・ウィンストンのピアノをかけ、窓際の椅子のところで、読みかけの本を開いた。椅子は、本を読むためにだけ買った、背凭れの調節ができる肘かけ椅子で、本は、全十六巻ある西洋哲学の選集だった。この種の本を読むようになったのは、ここ三年ほどのことだった。それ以前は、小説ばかり読んでいたし、さらにそれ以前は、医学関係の文献しか読まなかった。

いつもの日曜日に戻っていた。

夕方まで本を読み、食事に出たついでに、食料を仕入れてくればいい。

休日を愉しみだと思うことはなくなった。時間の潰《つぶ》し方が、うまくなっただけだ。

6　監禁

事故に遭った男は、オオヤという名前だけを告げて、気を失った。

病院に出かける途中の道で、車がぶつかるような場所ではなかった。ぶっつけた方は、どこかへ走り去った。小型のトラックだ。

動かさない方がいいと判断したが、車は煙を吐いていた。二、三人の通行人と、私はオオヤという男を、ちょっと離れた場所に運んだ。

聴診器ひとつ、持ってはいなかった。脈をとり、心臓の動きと血圧に注意した。脈で、血圧もある程度は知ることができるのだ。

五分ほど待つと、救急車がやってきた。すぐにパトカーも続いた。轢《ひ》き逃げ事件ということになるのだろう。警官は、無線で非常配備の要請をしている。

簡単な事情聴取と証言をして、解放された。

いつもより、三十分近く遅れて病院に入った。待合室には、患者がひとりいるだけだった。たっぷり時間をかけて、診察した。

「また、警察の方が見えてます」

知子がドアから顔だけ出して言った。

「今朝の事故のことでね」

現われた刑事は、東京から来た二人ではなかった。

「俺が行った時は、すでに小型トラックが走り去るところだった。ナンバーを目撃したという証人もいたはずだ」

「そっちの方じゃなくね。被害者を動かしたでしょう。そのことについて」

「動かすべきではない、と判断した。何も起こらなければだ。あの時、エンジンが煙を吐いてたんでね」

「つまり、火災の危険があったってことですか？」

「そうだよ」

「しかし、火災は起きなかった」

「それは、結果論だよ」

刑事の口調には、キナ臭いものがあった。本来なら、礼を言われて当然のところだ。

「被害者が、死にましてね。どうも、動かしたのが原因じゃないか、という意見が強くあるんですよ」

「つまり、俺の責任か？」

「未必《みひつ》の故意《こい》ってやつがありましてね。あなたは医者だ。結果は充分予想できたんじゃありませんか？」

「頭を強打してた。どの程度のことだったかは、ＣＴスキャンでもかけてみなけりゃ、わからんさ。それまで、できるかぎりそっとしておくのが、正しいやり方だね」

「なるほど。そっとしておくのがね」

「できるかぎり」

苦笑しながら、私は言った。子供騙《だま》しのようなやり方だ。やはり、東京から来た二人の意を受けているのだろうか。

「どうすればいい？」

「署で、もう一度、動かした理由なんかを、詳しく喋ってくれませんかね」

断ってもよかった。ただ、私は半分面白がりはじめていた。権力というものが、どれほど馬鹿げたことをやるのか、この眼で確かめてやるのも悪くない。

頷いて、腰をあげた。一時間経っても戻らない場合は、キドニーに電話を入れるように、知子に言った。宇野法律事務所の番号は、貰った名刺に刷りこんである。

黒塗りのセドリックだった。警察車のようには見えない。後部座席に乗りこんだ。

「最近じゃ、警察もいい車を使ってるね」

内装を指で触れて、私は言った。腰骨のところに、固いものが触れてきた。二二口径の、小さなリボルバーだった。

「鈍い男だな、おまえ」

耳もとで囁《ささや》いた声が、笑っている。車は、警察署の前を通りすぎていった。

私は、窓の外に眼をやった。ここを真直《まっす》ぐ行けば、左側にシティホテルがあり、それからちょっと先の右側に、キドニーの事務所が入っているビルがあるはずだった。なんとなく、そこを捜すような気分になった。

「言っとくがな、逃げようなんて気は起こさねえ方がいい」

声が車の外に洩れるわけでもないのに、男は相変らず耳もとで囁いている。

キドニーの事務所のあるビルは、見つからなかった。いつの間にか、車は海岸通りをホテル・キーラーゴの方にむかっていた。

連れていかれたのは、ホテル・キーラーゴのさらに先にある、売り出したばかりのコンドミニアムだった。東京の人間が、別荘として買うには手頃な場所と値段なのだろう。エレベーターの中でも、私はそんなことを考えていた。

まだ、家具もなにも入れていない部屋だった。六階で、窓からは海が一望に見えた。

男が、三人になった。ひとりは、一番奥にある和室で待っていたようだ。

「診察室じゃ訊きにくいことってのが、いろいろあってね、先生」

「電話でもしてくれればよかったんだ」

「とぼけた人だね」

奥の和室から出てきた男は、五十をいくつか越えているといったところだろうか。きちんとスーツを着て、ネクタイを締めている。いかにも暑苦しそうだった。

「今朝の事故の時、渡辺《わたなべ》となにか喋ったそうだね?」

「渡辺というと?」

「死んだ男さ」

オオヤ、と言った。自分の名前を言ったのだと私は解釈したが、違ったようだ。警察の聴取は、事故の様子に集中していた。名前などは、免許証で判明したのか、訊きもされなかったのだ。

「渡辺が、あんたになにか言い残した。そう思ってるんだがね」

「そんなことか」

私は、煙草をくわえて火をつけた。灰皿があるとは思えなかったので、直接灰を床に落とすしかなさそうだ。

「あんたが、渡辺の躰を最初に触った。医者が通りかかったんだ。当たり前のことだよ。渡辺がなにか言って、あんたが答えた。それを見ていた人間は、何人かいる」

「あんたのとこの人間も？」

「はっきり言ってそうだ」

「殺す前に、渡辺から訊けばよかったんだ」

「殺すだと？」

「現場に人をやってた。死ぬことがわかって、それを確認でもする気だったんだろう。つまり、あんたらが、渡辺を殺した」

「邪推だな」

「筋道をつけて考えると、そうなると俺は言ってるだけさ」

男の口もとが、ちょっと歪《ゆが》んだ。笑っているのだということに、私はしばらくしてようやく気づいた。煙草を捨て、靴で丁寧に踏み潰した。

「痛い」

「なに？」

「心配しなくても大丈夫だ」

「なにを言ってんだ、おい？」

「あの時の会話を、再現した。渡辺は痛いと言い、俺は大丈夫だと答えた。あんな場合の会話なんて、ほとんどそんなものさ」

「正直じゃないね、桜内さん」

「柄の悪い男を二人、本物の刑事だと思いこむような男だよ」

「それでも、正直じゃない。警察にも、言った気配はないしな」

「訊かれれば、言ったさ。渡辺は、脳に出血を起こしてたのかもしれん。ただ、はじめは少量だった。だから、わずかな間だけ、意識はあったんだ」

「教えてくれないかね」

「痛い」

「ふざけてると、いやな思いをするよ」

「もう、充分してるさ」

腹に、拳が食いこんできた。私は躰を折り、膝をついた。しばらく、息ができなかった。

三人の中で、一番若い男だ。

「痛い」

「まだ、やられ足りねえのか」

若い男が言った。

「痛いって言葉が、一番自然なんだってことがわかった。躰でわかったよ。渡辺の場合も、その言葉しか出なかったはずさ」

立ちあがろうとした。いきなり、顎《あご》に来た。視界が、一瞬歪んだ。なにが見えているのか、はじめはわからなかった。天井だ。そう思った。洒落《しゃれ》た設計をしているが、安普請《やすぶしん》だ。天井などを見ると、それがよくわかる。

「なんと言った、渡辺は？」

耳もとで呶鳴《どな》られた。私は躰を起こそうとした。下半身が思うように動かない。

上体だけ、なんとか起こした。

「なんと言ったんだよ、おい？」

「痛い」

顔に、拳の雨が降ってきた。上体がまた倒れたのかどうかも、わからなかった。気づいたのは、しばらく時間が経ってからのようだった。視界を、なにかが塞いでいる。いや、すぐ近くで、なにかを見ているようだ。床だ。それがわかったのも、かなり時間が経ってからのようだった。

「こっちには、たっぷり時間がある。思い出すまで、しばらく転がってろ」

声だけ聞えた。それから靴の音。私は眼を閉じた。自分の躰の状態を、無意識のうちに点検していた。脈搏《みゃくはく》はいくつか。呼吸の状態はどうか。内臓や脳に損傷は受けていないか。

骨は折れていないか。筋肉はどうか。

立ちあがれるはずだった。軽い脳震盪《のうしんとう》。その程度の状態のはずだ。躰を動かした方が、回復する可能性が強い場合もある。

腕を突っ張った。上体が、なんとか持ちあがった。膝を引きつけ、四這《よつんば》いになる。それだけで、呼吸数も脈搏もかなり増えた。脈搏を、私はこめかみに指を当てて数えていた。

「立つ気みたいだな、この先生」

聴覚は、はっきりしている。

腹を蹴《け》りあげられた。躰が、一瞬浮いたような感じになった。胃のあたりが、引きつけを起こしたようになる。しばらくして、胃の中のものが噴き出してきた。強いショックで、胃が収縮した。それだけのことだ。

「ゲロ吐きやがったぞ。腹はあんまり蹴っ飛ばすな」

「こいつに、掃除させりゃいい」

聴覚は、やはりはっきりしている。ということは、意識混濁はないということだ。

もう一度、立とうと試みた。ひどく苦しかった。リハビリに入った患者に、叱声《しっせい》を飛ばすことがある。理不尽な仕打ちでも受けたような患者の表情が、いまはよく理解できる。

「なんて野郎だ。わけがわかんなくなってやがるのかな。また、立つ気だぜ」

わけは、わかっている。だから立とうとしているのだ。

「脚にしろ。脚だ」

腿《もも》を蹴りつけられた。一度や二度ではなかった。痛みはない。痺《しび》れるような感じがあるだけだ。まだ、蹴りつけられている。

脚がなくなってしまった。そんな感じがした。靴の中で、指さきを動かした。感じる。ほんとうにあるのか。足を切断されて、足の裏が痒《かゆ》いと訴えた患者を知っている。切断しても、神経はしばらく切り離されたものを記憶しているのだ。

立てばわかる。自分の足がまだ付いているのかどうかわかる。そう思った。上体の感覚は、さっきよりしっかりしている。

立った。思ったが、上体が起きているだけだった。顎のさきに、靴を食らった。

どれほどの時間、気を失っていたのか。

眼を開けた。見えたのは天井だった。立てる。自分に言い聞かせた。

脈搏も、呼吸数も、血圧も、どうでもよかった。生命がある。それは立つということだ。

筋道もなにもなく、ただそう思った。

「懲りねえ野郎だよ、まったく」

躰を引き摺《ず》られた。右の手首になにかはめられた。動かそうとした。途中で、抵抗があった。重い。重いどころか、根が生えたように動かない。

手錠だった。もうひとつが、バスタブの給湯口にはめられている。私がいるところは、バスルームだった。

次第に、すべてがはっきりしてきた。バスもほとんど使った気配はなく、バスタブには薄く埃《ほこり》が付着している。

躰のことは、考えなかった。手錠がはずせるかどうか、しばらく点検した。鎖は切れそうもないし、給湯口のノズルからも抜けない。鍵《かぎ》がなければ無理なようだ。

じっとしていた。躰の痛みが、はじまっていた。こういうものなのだ。ほんとうの痛みは、衝撃のあと、しばらく時間を置いてやってくる。知識として知ってはいた。感じるのは、はじめてのことだ。

正午過ぎになっていた。左手は自由で、腕時計を見ることもできる。渡辺が気を失う前に言った、オオヤとはどういう意味なのか。人の名前か。それとも場所の名前か。オヤ、とも聞えた。こちらが、オオヤというのが名前なのだろう、と勝手に考えていただけだ。

それを言うまで、私はここから出ることはできないのだろうか。

言う気はなかった。人形のように殴られて言うくらいなら、はじめから言っている。

眼を閉じた。私は、ここから出ようとするべきだろう。できるかどうかに関係なく、出ようとするべきだろう。入りたくて入ったところではないからだ。

バスルームの外でもの音がした。一度だけだ。それからしばらくして、パンとなにかが弾《はじ》けるような音がした。

話し声が聞える。言葉までは聞きとれなかった。

ドアが開いた。手錠がはずされた。抱えるようにして、立たされる。

「来いよ」

ちょっと顎を動かしたのは、はじめて見る男だった。

立っていられた。歩くこともできる。バスルームを出て、私は男の顔に拳を叩きつけた。手応《てごた》えはなかった。

「間違えるな。キドニーに頼まれた。やつは、自分じゃ荒っぽいことはできないからな。いつも、俺に頼んでくるよ」

「キドニー？」

「行くぜ、先生。そんなパンチじゃ、蛙《かえる》も殺せない」

男がドアを開けた。

7　女

赤いフェラーリ328の低い車体から、私は散々苦労して降りた。

「この街に、フェラーリなんかに乗っているやつがいるのか」

「ポルシェ911ターボってのもいる。しかも色が黒ときてるんだ。キザで、俺にはついていけんね」

「フェラーリといい勝負だと思うがな」

病院の前。私は、階段を踏みしめるように昇った。私の顔を見た知子が、吹き出しそうになるのをこらえる仕草をした。

「あたしが、手当てしますから」

「必要はない。自分の状態は、よくわかってる」

「打身に、湿布だけはした方がいいと思いますわ。CTスキャナーの必要もあるんじゃありません。内臓は三日経ってから症状が出ることもある。そういう説は、先生のじゃありませんでした？」

「生意気な女は、犯すというのも俺の説だ」

「とにかく、応急処置だけはします。材料が揃ってるのに、勿体《もったい》ないですから」

「君の言う材料ってのは、俺のことか。それとも、ここに備えてある薬なんかのことか？」

「両方です」

シャツを脱がされた。

自分で想像した以上に、腫《は》れが出ていた。皮内出血もかなりある。ズボンの下は、もっとひどい状態だった。見ただけで、左右の腿の太さが違うのがわかる。蹴るというのは、私が想像した以上に、躰にダメージを与えるようだ。

文句のつけようのない、手際だった。こういう処置になると、知子は私よりうまいかもしれない。

薬局の窓口のあたりで、話し声がした。

入ってきたのは、キドニーと私を助けた男だった。二人とも、私の恰好《かっこう》を見て笑った。私はシャツを着て、ズボンを穿《は》いた。

「俺は、彼女から電話を貰った時、笑ったよ、桜内さん。刑事だと信用して、付いていったのかね?」

「うかつだった」

「なんてもんじゃない。交通事故の目撃者に、任意同行を求めてくる警官がいると思うかね」

「権力が、どこまで理不尽になれるか、試すような気分だった」

「その辺は、連中、うまくやるさ。どんな理不尽な権力の行使でも、一応法規上の整合性はつけて動くのが、やり方なんだ」

「勝手に笑えよ。助けられた礼は言う」

「権力を恨むような理由でも?」

「ない。虫が好かないだけのことだ」

私は、私がいるべき椅子に戻った。煙草をくわえる。うまくなかった。胃がむかついてくるのを、こらえながら私は煙を吐き続けた。

「こいつは、叶竜太郎《かのうりゅうたろう》と言ってね。一年前、この街で私立探偵をはじめた。浮気の調査なんかをやるやつさ。裏の稼業は殺し屋。一年にひとりか二人殺《や》る程度だがね」

叶は、手術器具を並べた棚を、めずらしそうに眺めていた。

「二人撃ってきたって、おい？」

ふりむいてキドニーが言った。

「勿体なくて、自分の拳銃《けんじゅう》を使う気にはなれなかった。ひとりが二二口径を持ってたんでね。危なくないところを、撃っといたよ。しばらく動けないはずだ。指紋も拭《ふ》いてきた。一応はプロなんだろうが、他愛ない連中でね。撃つな、なんて叫んでたよ」

「ハードボイルドの殺し屋にしちゃ、お喋りな男でね」

キドニーがパイプに火を入れた。いい香りが、診察室の中に満ちた。

「よく、あそこがわかったもんだ」

「君は優秀な秘書を持ってる。彼女が、車種と色を憶えていた。警察に問い合わせても、そんな車はなかったし。あとは叶がやった。蛇《じゃ》の道はヘビってやつだろう」

「あの連中は？」

「君には関係ない。君がもとで起きたことでもない」

「知る権利はあるだろう。こんなに殴られたんだ」

「勝手に殴られただけさ」

「俺の、顧問弁護士じゃないか」

「だから助けた」

「ありがとうよ」

私は煙草を消した。知子が、白衣を脱いで入ってきた。平気でショートパンツなどを穿いてくることがある。今日は、普通のワンピースだった。

「帰りましょう、先生」

「午後の診療は？」

「休診の札、出しました。七月二日まで休診です。学会に出席ということにしてありますわ」

「俺が、学会ほど嫌いなものはないことを、よく知ってるだろう」

「だから、学会にしました」

知子が笑う。

「これ以上、君になにか起きなきゃいいと思うんだがね、桜内」

キドニーに呼び捨てにされても、いやな気分はしなかった。私も、この男を宇野ではなくキドニーと呼ぶだろう。

「交通事故で死んだ渡辺が、何か言い残した。連中は、それを知りたがっていたようだ」

「渡辺は、死んでない。医者のくせに、そんなこともわからなかったのか」

「命のありようってのはな、何十年医者をやっても、わからんと思う」

「まあ、情報にはなった。渡辺は、まだ意識不明なんだそうだから」

「なにが起きてるんだ、この街で」

「よせよ、ドク。あんたは好奇心が強そうだ。知らなきゃそれで済むことが、この世にゃ沢山あるはずさ」

叶が口を挟んだ。

「叶さん、あんたの趣味は？」

「ジャズ」

「つまらん、趣味だね。車かと思ったよ」

「昔は、金魚を飼うのが趣味だった。飼育法には通じてる。もし飼う気があるなら、俺に相談してくれ」

「よく喋る殺し屋だ、まったく」

四人で外へ出た。キドニーは、淡いブルーのシトロエンCXパラスに乗っていた。私の車は、ヘタリの来はじめたブルーバードだ。

私の手から、知子がキーを取りあげた。

「送ります。脳に障害がある場合は、突然意識をなくすことがありますし」

言い返そうとしたが、言葉が出てこなかった。私は大人しく、助手席に乗りこんだ。

叶のフェラーリは、哮《ほ》え声をあげて、キドニーのシトロエンは静かに、反対方向に走り去っていった。

「君は、俺に馴々《なれなれ》しくしすぎないか」

「八ツ当たりはやめてくださいね。あたし、先生の愛人になることに決めましたから」

「おい」

「前にいた看護婦には手をつけた。それも診察台で。勤めはじめた次の日に、電話がありましたわ」

「そういう女だから、抱いて馘にした」

「女に関しては、異常ですわね。ほとんど毎晩のように、場末で女漁《あさ》りをしてる。田舎臭い女がお好きなのね」

ブルーバードが、頼りないエンジン音をあげた。

「仕事に持ちこまないこと。俺を束縛しないこと。これが守れるなら、愛人にしてやってもいい」

「光栄ですわ。でも、先生が決めることじゃありません。あたしが決めたことです。勿論、仕事には持ちこまないし、束縛もしませんわ」

「セックスなんて、俺にとっちゃ気晴らしの散歩みたいなもんだ」

「お好きな時、お好きな所へ、散歩してください」

知子が言っていることを、そのまま受けとっていいのかどうか、よくわからなかった。考えるのはやめた。男と女の間は、どうにでもなるものだ。私の心の中に、女を受け入れる余白はない。ただ躰で受け入れているだけだ。

すぐに、私のマンションだった。

部屋へ入ると、私は手術のあとの時のように、シャワーを使った。湯の温度は上げず、体温よりもかなり低くした。

知子が、新しい湿布を用意して待っていた。手早く、貼《は》りつけられる。顔にまでだ。それから、ベッドに送りこまれた。

「君は来ないのか?」

「いまのところ、看護婦の方に重点を置いてますから」

「じゃ、帰れ」

「意外に、身綺麗《みぎれい》に暮してらっしゃるのね。台所なんかも、片づけるところはないみたい」

「三十五まで、独身のひとり暮しを続けてきたんだ」

「裏の方の仕事も、七月二日までは休みですよ、先生。叶さんに撃たれた二人、どこに治療を頼めばいいか、わからずに困ってるでしょうね」

「どういう女だ、君は？」

「この街で生まれ育って、この街で傷ついて」

「鼻持ちならない言い方をするな」

知子は、棚に並んだ本に眼をやっていた。関心がないのか、なにも言わない。

「明日も、とは言いません。今日一日、安静にしていてください。勝手ですけど、飲み薬もいくつか用意してきました。明日の朝、湿布の交換に参りますわ」

自分の肉体に必要なものが、安静だということはよくわかっていた。

「腹は減るぜ、安静にしてても」

「夕方ですね、食事をしていいのは。冷蔵庫のもので、軽い食事を作っておきます」

眼を閉じた。

しばらくすると、キッチンでもの音がしはじめた。油で炒《いた》めるような音も聞えてくる。家庭の匂いと音というやつだろうか。

家庭が欲しいと思ったことはない。結婚したいと思った女もいない。この街まで流れてきた。これも人生だ、と達観するほどの年齢ではない。野心を捨てたら、成行任せでいいという気になっただけだ。

いつの間にか、眠っていた。眼醒《めざ》めた時、知子の姿はなかった。

8　情事

コンクリートに、ブルーと白のペンキを塗るというセンスが、どこのものなのか見当はつかない。人気のない海岸に、似合ってはいた。

カウンターに、叶がいた。

「沢村明敏《さわむらあきとし》の、新しいアルバムをかけてる。実に、十数年ぶりのアルバムでね。今年のはじめに出したもんだ」

きのうの話を、叶は持ち出そうとはしなかった。カウンターの中の女は、私の顔を見ても平然としていた。安見は、ちょっと吹き出しただけだ。

「学校は？」

ジャズの話をしようとする叶を無視して、私は安見に言った。

「二時で終り。三時から六時まで、ここでアルバイト。これも、一度教えましたよ」

「ズル休みかと思った」

「それで、母親の店でアルバイトなんて、いくらうちの母親が変り者だといっても」

カウンターの中から、母親が娘を睨《にら》む。

ピアノ曲だった。曲名は知らない。もともと、音楽にそれほど関心を持ったことはないのだ。部屋にも、テレビがあるだけだ。

「手術の腕、とてもいいそうだね」

「あれぐらいの技術、医者なら当たり前だ」

母親も娘も、私が叶と知り合いであることに、驚いた気配ではなかった。後ろの席には、ドライブ中らしい男女がいるだけだ。

「人間嫌いってやつか」

「俺がか？」

「それも、本来的なもんじゃない。俺は易者みたいなもんでね。見ただけで、そいつの性格はある程度わかる」

「つまらんな」

「そうかね。俺は面白いが」

「人と付き合うのも、馬鹿げたことに思えてくるんじゃないのか？」

「図星だ。世間の人間をひとりでも減らしてやろうと思って、殺し屋をやってる」

「キドニーと言い、君と言い」

「おかしな男が集まったもんさ、この街は。この人の旦那《だんな》は、秋山と言ってホテル・キーラーゴの社長だ。この男も変ってる。ほかに、川中という、とびきりの変り者がいるが」

母親の苗字《みようじ》が秋山ということを、私ははじめて知った。

コーヒーが出されてきた。いい香りだ。ただ、味はあまり感じられそうもなかった。口の中がズタズタに切れていて、痛みはきのうよりひどくなっている。

「落ちぶれ果てたピアニストが復活するかと思えば、高名な画家が隠遁《いんとん》して来たりもする。なんて街だろう、とはじめは思ったもんさ」

「そうさ。いまも『ブラディ・ドール』で弾いてる。昔を知っている人間が東京から来て、どうしても録音しろと言いはじめた。一枚だけということで、彼は受けたよ。鎮魂《レクイエム》だろうと、俺は思ってる。どうってことない女だったが、彼が惚《ほ》れていた女が死んでね」

「お喋《しゃべ》りだな、キドニーが言った通り」

「沈黙というやつが、耐えきれん」

叶の顔を、一瞬翳《かげり》のようなものがよぎった。私はコーヒーを口に入れた。味はほとんど感じられず、熱さだけが口の中に拡《ひろ》がった。しばらくして、しみてくる。

「ところで、君のとこの看護婦だが」

「愛人にすることにした、俺の」

「できるなら、やってみるといいさ。ありゃ、男勝りだそうだ。詳しくは知らんがね。実をいうと、俺もこの街へ来て一年ほどでね」

「同じくらいだ」

「俺は、逃げてきたわけじゃない」

叶が、デュポンの高級品で煙草《たばこ》に火をつけた。私は、叶の横顔にちょっと眼《め》をくれた。

「不服か？」

「なにが？」

「俺は逃げてきたわけじゃない。その科白《せりふ》の中に、あんたは逃げてきたんだろう、という意味をひそませたことがさ」

「流れてきた。そう言ってくれ」

「流れ者のドクね」

ドアが開き、夏子が入ってきた。

私の顔を見て、一瞬息を呑《の》んだのがわかった。それが正常な反応だ。

「事故さ」

「そうなの。びっくりした。あたしを呼ぶくらいだから、命に別条はないのよね」

金曜の夜に抱いたあと、三万渡した。それで味をしめて、私が呼び出したら飛んできた、というところがあった。それが女の本質とは言えないまでも、本質の一部だと私は思っている。

「行くのか？」

「コーヒーに人生を感じる女じゃないんでね。それに、時間がない。店に出なきゃならないんだ」

「看護婦の話だが、患者をひとり診てくれと頼まれなかったか、ドク？」

「手が動かない、とか言ってた気がしたな」

「診てやれよ。手術が必要だったら、してやれ」

「君に言われることじゃない。そういうことは、自分で決める」

「頼んでるのさ」

「考えておこう」

コーヒー一杯分の料金をカウンターに置いて、私は『レナ』を出た。ここからさらに海沿いに行けば、松林の中にモーテルが六、七軒並んでいる。この一年、女と逢《あ》う時は私はそこを使うことにしていた。


「おかしな人ね、桜内さん」

車に乗りこむと、夏子が言った。

「なにが？」

「この間の晩、あたしを裸にすると、黙ってのっかってくるだけなんだもん。あたしの躰《からだ》が気に入らなかったのかと思ったわ」

気に入るも入らないもない。女は、ただ女だ。ベッドに入ってまで、言葉が必要だとは思っていなかった。

「無口って、損するわよ、男は」

「そうかな」

「そうじゃない場合もあるけど。桜内さんって、肝腎《かんじん》なところで黙りこんで、白けたような顔になるのよね。緊張しているからだって、わかるような気もするけど」

ちょっと笑い返した。緊張しているからだって、緊張するのは、十年も前に卒業した。

モーテルが見えてきた。

右へ曲がろうとした時、グレーの車が遮ってきた。前を走っていた車だ。

高村が運転している。

「ここにゃ、入らねえ方がいいですよ、先生。邪魔したわけじゃなくね」

サイドブレーキを引いて、私は車を降りた。高村も降りてくる。

「もう一軒さきのモーテルの方がいいです」

「あんたに、女を抱く場所を決めて貰《もら》おうとは思わん」

「俺も、余計な真似《まね》は好きじゃないんですがね。このモーテルは、裏が賭場《とば》になってる」

「だから？」

「きのうの連中の仲間に会っちまうかもしれませんぜ」

「そういうことか」

なぜ高村がきのうのことを知っているのか、訊《き》こうとは思わなかった。訊けば、そこから二人の間を遮っているものが、毀《こわ》れていく。

「じゃ、隣りのモーテルにすりゃいいわけだ」

「まあ、そういうことになりますが」

風で、高村の髪が乱れかかっていた。額は別として、ほかの部分も薄くなりはじめている。

車に戻ろうとした私の腕を、高村が軽く摑《つか》んだ。不快な感じではなかった。私は、高村の意外に繊細そうな指にちょっと眼をくれただけだ。

「なにが起きてるのか、気にならねえんですかい？」

「なにか、起きてるのかい？」

「それも先生はいつも中心にいるんだ。寺島の時からそうです。渡辺の事故現場に居合わせちまったなんて、こりゃ縁としか言いようがないですね」

「あんたの言う縁というやつがあるんなら、これからもなにか起きるだろう」

「待ってるようにゃ、見えねえ。実のところ、先生ってのはどういう人なのか、と俺は思いはじめてるんですよ」

「変ってる、と言われたことはないがね」

車の中から、夏子が見ていた。焦《じ》らしてやろうという気分になって、私は煙草に火をつけようとした。風で、うまくつかない。高村がジッポを差し出してきた。

「宇野先生とは、前からのお知り合いで？」

「長くはないが、俺の顧問弁護士でね」

「宇野先生が、腕のいい医者の先生と知り合いだってのは、納得できますがね」

「日本に戻ってから、短時間でそんなことまで調べたのかね」

「まあね。俺にゃ、やらなくちゃならねえことがある。つまり必死なんでさ」

海の方に眼をやって、私は煙を吐いた。防砂のための松林が邪魔をして、海面はほとんど見えない。モーテルのある地区は、遊泳禁止のはずだ。海流がまともにぶつかっている、という話を聞いた。

「女を待たしてるんでね」

私は煙草を捨てて踏んだ。ちょっと呆《あき》れたような顔で、高村は首を振った。

「知ってる人？」

車に戻ると、夏子が訊いてくる。

「ここのモーテルで、これから女と会う約束があるそうだ。俺たちは隣りに避けることにした」

「会ったことがあるみたいな気がする」

記憶力はよくない女なのか。金曜日に、『あさみ』のカウンターに、並んで腰を降ろしていた。目当ての客しか見えない女が、よくいるものだ。

「あたしのこと、なんて言ったの？」

「娼婦《しょうふ》を拾ってきた」

弾《はじ》けるように、夏子が笑った。冗談としか思わなかったようだ。

この街へ来てから、二十数人の女と関係を持った。全部の顔も名前も、憶《おぼ》えていないくらいだ。女は、ものであれば充分だった。私のそういう気持に気づいた女は、罵声《ばせい》や軽蔑《けいべつ》の声を残して、あるいは黙ったまま、去っていく。

女を漁《あさ》るのは、日吉町や港の近くの、場末だった。野良犬がゴミバケツを漁るように、女を漁ってきた。

モーテルの部屋に入った。

夏子が服を脱いで浴室に入るのを、私はソファでビールを飲みながら眺めていた。女と一緒に、風呂《ふろ》には入ったことがない。

照れているせいだ。女は、いつもはじめはそう思った。

9　画家

夕食は、ホテル・キーラーゴだった。

私が決めたことではなく、知子が決めたことだ。知子の、黄色いシティに乗って出かけた。私の、マニュアル・ミッションのブルーバードをうまく転がしていたが、彼女の車はオートマチックだった。

　海沿いの道。暮れなずむ最後の陽光が、海面を金色の鱗《うろこ》のように輝かせている。

「いい子なんですね、先生」

「どういう意味だ？」

「夕方戻って来いと言ったら、ちゃんと戻ってきたりして。あたし、笑ってしまいましたわ」

「モーテルで女を抱いた。その女は店に出る。同伴してやって酒を飲むのが、この躰ではつらいと思ったから、戻ってきた」

「だから、いい子だって言ってるんです」

　私は、躰を運転席にむけ、知子の胸に手をのばした。押しのけられた。強引に突き出した私の手を、知子の左手が摑む。それ以上、なにもできないはずだ。私は左手が空いていた。スカートの中に手を入れた。

「危ないわ」

「だったら、大人しくしてろ」

「ぶつかって、死ぬわよ、このスピードじゃ」

「構わんよ、俺は」

　車の動きが、おかしくなった。私の手がスカートの奥に届きそうになった時、知子の手が押さえた。胸が空いている。襟もとから手を入れ、直接触れようとした。

車が停《と》まり、躰が前のめりになった。

「口ほどにもない女だ」

「卑怯《ひきょう》よ、こんな時に」

「耳にタコができるほど、女にはそう言われてきた。そのくせ、躰を開く。女ってのは、そういうもんさ」

笑った。車が急発進した。また胸に手をのばす。平然として、知子はステアリングを握っていた。ホテル・キーラーゴの明りが見えてくるまで、私は掌《て》の中で直《じか》に知子の乳房を弄《もてあそ》んでいた。

車を降りても、知子の表情は変らなかった。ちょっとほほえんで、私を導くように先に立った。

窓際のテーブルには、すでに男がひとり来ていた。遠山一明《とおやまかずあき》、と名乗った。どこかで聞いたことがある名だ。

「うちの先生は、このホテルまで、ずっとあたしの胸に手を入れてましたわ。ママのおっぱいから離れられない赤ん坊みたいに」

「そいつは、羨《うらや》ましい話だ」

遠山が笑った。著名な画家として、私はその名を知っていることに気づいた。

「山根君が、どうしてもあなたに会ってみろ、と言うんでね」

「俺は、彼女と二人きりだと思ってましたよ。食事のあとは、上に部屋がとってあるとね」

「今日の分は、終ったんじゃありません」

「前借りってやつも、いいもんさ」

スーツで身を固めた男が、挨拶《あいさつ》に来た。遠山とは旧知らしい。粋《いき》なネクタイだった。締め方も粋だ。男の性格のかなりの部分が、選ぶネクタイと締め方でわかる。どこかで、そんなことを読んだような気がした。

秋山だ、と知子が私に紹介した。

「家内が、お世話になっておりますな」

知子が、びっくりしたような表情をしている。お世話という言い方を、勝手に解釈したのかもしれない。

「あそこのコーヒーは、フロリダふうですか」

「長く、マイアミにおりましたので」

ホテルマンらしく、男の折目正しさは消えなかった。

しばらく、遠山と釣りの話を交わし、秋山はほかの席へ挨拶に行った。

「君は、精神的なものを治せる医者かね、桜内さん？」

「心の傷は、自分で癒《い》やすものですよ、男はね」

「まったくだ」

メニューから、いくつか料理を選んだ。ワインリストを差し出されたが、私にわかるわけもなかった。

「焼酎《しょうちゅう》のお湯割りをくれ」

知子は吹き出したが、ボーイは表情も変えずに頷《うなず》いた。

「外科医というのは、イメージを持ってるものなのかね？」

「イメージ？」

「つまりだ、人間の躰を開いて指さきを動かす。その時、イメージがあって、指さきはそれに導かれているのか、ということだよ。胃なら胃のイメージがあって、そのイメージの通りに胃を修復していく」

「言葉で、わざわざイメージと言ったりはしませんね」

「ないわけじゃないんだ」

「知識として、と言った方がいいのかな」

オードブルが運ばれてきた。私は焼酎のお湯割りで、二人はワインだ。知子の飲み方は、堂に入っている。

「手が、うまく動かない。精神的なものさ。それが治ると、山根君は言い張る」

「じゃ、彼女が治せばいい」

「あたしに、そんなことができるわけもありません」

ワイングラスを持ったまま、知子が言った。

「診断は、君が下したんだろう」

「先生なら、治せるはずだ、と遠山さんには申しあげたんです」

「他人に決められるのが、嫌いなタイプでね」

「でも、治せますよ。他人が決めたんじゃなく、愛人が決めたんですから」

「ほう、愛人ね」

遠山が、愉快そうに笑った。二人の関係が、私にはまだ摑めなかった。

オードブルを口に運ぶ。私は、無意識のうちに遠山の右手を見ていた。ナイフに力がない。握り方もちょっとおかしいようだ。左手のフォークは、正常に動いていた。私の視線に、知子は気づいているようだ。

焼酎のお湯割りを、さらに二杯飲んだ。途中から、ワインは赤に変った。シャトー・ラトゥール80年。こんな夜の食事には、適当な高級品というところだろう。超高級というわけではない。

赤ワインの、特定の銘柄だけは知っていた。かつて私が婚約していた女が、そういう高級品が好みだったのだ。女の財布で、私も何度か口にしていた。

知子と遠山の会話からは、やはり関係が判断できなかった。父娘のような感じがある。師弟というふうにも見える。

「利き腕に、無理な力を入れすぎた、ということですか」

デザートに移ってから、私は言った。遠山の表情は動かなかった。

「一年から一年半前のことなのかな。ある状態に筋の束が陥った。はじめは、大きな支障はない。徐々に、力が入らないことが自覚できてくる。そのうち、思う通りに動かなくなる」

「遠山さんは、一年半ばかり前に、岬の崖《がけ》を登って降りられたんです」

「岬というと？」

「海沿いの道をずっと行くと、『レナ』のさきにありますわ」

かなり高いはずだ。芸術家の狂気とでもいうものが、この初老の男にそういう真似をさせたのか。あそこを登ろうという考えを、特におかしなものだとは思わなかった。

「それも、絵を描《か》くことと同じだったんじゃありませんか？」

「絵が残ってはいないがね」

「絵を描いてそうなった。諦《あきら》めもつくでしょう。遠山画伯が、これからさらに金のために絵を描かなきゃならんこともないだろうし」

「描きたい絵は、あるさ」

「どうしてるんです？」

「ほんとうに描かなきゃならない時は、動くはずだよ。私の手は、重いものを持ちすぎているる。そういうことなんだ。医学の領域で治療できることじゃない。自分の手が持ってしまったものの、重さに耐えきれるまで待つしかないね」

右手は、さらにひどくなっていくはずだ。半年で、ナイフも持てなくなるだろう。そういう怪我《けが》は、何度か見たことがある。激しいスポーツをやる選手に多かった。怪我をすれば、すぐに治療をする。それで回復するのだ。治療しなければ、スポーツをやれるような状態ではない。

遠山は、画家という職業柄、怪我を放置したに違いなかった。

「治療というのは、ある確率がありましてね。九割。それぐらいだと、医者は躊躇《ちゅうちょ》なく手術します。七割だと、考えこむ。五割だと、冒険は慎みますね」

「私の手が、医学的に治療できるのかね？」

「成功率の問題だけですね」

「参考のために、確率だけ聞いておくか」

「完全に元通りの機能を回復するのは、一割。いまの状態とほとんど同じ。つまりは、手術をやるだけ損。それも含めると三割」

「残りの七割は？」

「ほとんど動かなくなる。そういうことですね」

声をあげて、遠山が笑った。

「放置すると？」

「徐々に、動かせなくなります。筆を持っても落としてしまう。それまで、二年というところかな」

コーヒーに移っていた。『レナ』で出すコーヒーより、手間がかけられていない。

遠山が席を立った。

「夜中、あのあたりは真暗なんです」

カップの口紅を指さきで拭《ぬぐ》いながら、知子が言った。蓮《はす》っ葉《ぱ》かと思うと、意外なところでたしなみを見せたりする。

「夜中に、登ったのか？」

「このさきの、古いヨットハーバーから、小舟で出てね。岬まで行き着けただけでも、奇跡に近いって気がしますわ。舟を操ったの、蒲生《がもう》というお爺《じい》さんですけど」

「夜中ね」

「それも、女の人に逢《あ》いに行ったの」

男の気持が、不意に若々しくなることがある。遠山が、そういう状態にあったということか。若々しいということは、無謀と同じ意味の部分もある。

「いかがでしたか?」

秋山がそばに来た。私はちょっと頷き返しただけだ。

「焼酎というお客さまは、このレストランではオープンしてはじめてでした」

「ホテルの格に、影響しましたか?」

「とんでもない。わけもわからず高級なワインを飲んでいただくより、こちらとしては気が楽です」

「ほんとに、わけがわかりません。ワインと焼酎の区別もつかない」

「なんでも、皮肉に受け取ってしまう方だ、とは聞いておりました」

「誰に?」

「娘ですよ。人間を観察するのを、趣味みたいにしておりましてね。家内の店へ行かれれば、必然的に観察されます」

遠山が戻ってきて、秋山は立ち去った。

「一割と聞いて、手術を受けてみたくなった」

「御自分を苛《いじ》めるのが、お好きなようですね」

「博奕《ばくち》というやつが、この歳《とし》になって好きになった。やって貰うとして、費用はどれくらいかな」

「大病院で、手術が一日。入院二週間。ベッドの差額もあるでしょうし、具体的な金額は見当がつきませんね」

「大病院じゃなく、かなりいかがわしいと山根君が言う君の病院でだ」

「費用は無料。なぜなら、人体実験ですからね。局部麻酔で、入院もしません」

「気に入ったね」

「おかしな人だ。俺のところは、犬や猫みたいに、人間の躰を切り刻むんですよ」

「もともと、同じものだ」

「やはり、御自分を苛めたいようですね」

淡いパステルカラーの麻のスーツ。長目の白髪。どこから見ても、紳士というやつだ。

「いつ、やります？」

いくらか意地の悪い気分になって、私は訊いた。

「早い方がいいね」

「じゃ、明日」

なにか言いかけた知子が、言葉を呑みこむような気配があった。もっと検査をして。そんなことでも言おうとしたのだろうか。遠山が、ホルダーから葉巻を出して私に勧めた。吸口に穴はなかった。一センチほど、私は嚙《か》みちぎった。

「筆を持った時に手が動かない。それは宿命だと思う。絵描きの命が、そこで終ったということだ。ただ、釣りの時に動かないのが口惜《くや》しくてね」

遠山は、カッターできれいに吸口を切った。

10 口笛

はじめての店だった。

この街の盛り場の中心というところだろうか。店の名は『ブラディ・ドール』といった。目立たない入口で、内装はちょっと古びた感じだった。

カウンターに、叶が腰を降ろしていた。

「よく会うね、ドク」

「お互いに、暇だってことかな」

「この街が、狭いってことさ。一年も住めば、路地の奥がどうなってるかまで、わかっちまう」

「フェラーリは元気かね?」

遠山とは、顔見知りのはずだ。知子が連れてきた患者の手術をしてやれ、と言ったのは叶だった。

私たちは、カウンターに腰を降ろした。ボックス席には、女の子が付くようだ。それを、遠山は望んでいるふうではなかった。

私は、遠山と同じコニャックを頼んだ。知子が含み笑いをする。また焼酎でも頼むと思ったのか。はじめは強すぎると思った葉巻に、コニャックが一番合いそうな気がした。

「うちの看護婦が、男勝りのすさまじい女だと言ったのは、君だったな」

「ほんと、叶さん？」

知子がカウンターに身を乗り出した。

「すさまじい、とは言わなかったような気がする」

「似たような意味のことを、言ったわけね」

「まあな」

叶が煙草をくわえ、私の脇腹をちょっと肘《ひじ》で突いた。

古いジャズが流れていた。小さなステージがあり、年代物らしいアップライトピアノが置いてある。

悪い店ではなかった。どことということなく、落ち着いた空気が躰を包んでくる。

「静岡の病院に担ぎこまれたやつが、二人いる。いくらなんでも、ドクのところってわけにゃいかなかっただろうしな」

「来れば、弾ぐらい出してやった」

「まあ、じっとしてるんだな。なにも知らん。なにも喋らん。そうやって、すべてが通りすぎていくのを待つがいい」

遠山が、葉巻の吸口をコニャックに浸していた。きれいな吸口だから、できることだろう。私の葉巻では無理なようだ。

男がひとりステージにあがり、ピアノにむかった。BGMが消え、ピアノから音がこぼれ出してくる。

遠山と、それほど変らない年恰好《かっこう》に見えた。麻のちょっと派手な黄色のジャケットに、グリーンのアスコット。舞台衣裳《いしょう》というわけなのだろう。

私の知っている曲もあった。いやらしくなく、胸に響いてくる音楽というのは、あるものだ。曲によるのではなく、音を出す人間によるのだろう。

「坂井《さかい》、ソルティ・ドッグをスノースタイルで」

叶が言った。

坂井と呼ばれたバーテンは、素人の私が見ても見事と思える手際で、素速くカクテルをひとつ作りあげた。叶が飲むためではなかったようだ。ボーイが、トレイに載せてピアニストのところへ運んでいく。

曲が終ったところで、ピアニストは、はっきり叶にだけむけて、グラスを翳《かざ》した。客に酒を振舞われた、という感じはまったくない。

「沢村明敏さ。音楽にはあまり興味がなさそうだが、教えておくよ。彼のピアノは」

「悪くない」

叶の言葉を、私は途中で遮った。

「解説は、いらんというわけか」

「そもそも、必要なものかね？」

「いや」

ようやく、葉巻が短くなってきた。同じ時に喫《す》いはじめた遠山の葉巻は、まだ充分長さが残っている。

グラスを空けたピアニストは、また古い曲を弾きはじめた。

「入口にも、葉巻の香りが漂っていましたよ。遠山先生」

大柄な男が、後ろに立っていた。

「酒を飲むのは、久しぶりでね。手術を受けることになってる」

「ほう、どこで？」

「このドクターの、いかがわしいと言われている診察室で」

「手のために、酒をやめてたんじゃないんですか？」

「まあ、右手で飲める最後の酒かもしれん、と思ってね。その確率がかなり高いと、ドクターは言うんだ」

「川中です」

眼が合うと、男が言った。キドニーが、この街のボスのような存在だと言っていた男だろう。想像とはまったく違っていた。好奇心に満ちた、少年のような眼で私を見つめてくる。私も名乗って、ちょっと頭を下げた。黒っぽいシャツを着ているだけで、上着を持っていない。

「手術はいつ？」

どちらにともなく、川中が訊いた。

「明日」

「右手が駄目になったら、義手をプレゼントしますよ、先生。せめて、竿《さお》が支えられるくらいのやつをね」

笑うと、川中はあどけない表情になった。

こういう表情を、私は何度も見たことがある。自分がもう生きられないと悟った時、こんなふうに笑って、医者をやりきれない気分にさせる患者が、時折いるのだ。できるのは、ほほえみ返すことだけだった。

川中は、死にそうには見えない。私の分類の中では、最も生命力が強いタイプに入る。

演奏が終った。ボックス席からも、パラパラと拍手が起きた。沢村は、立ちあがると頭を下げるでもなく、奥へ消えた。また、ＢＧＭが低く流れはじめる。

コニャックを二杯飲むと、ワイルド・ターキーのオン・ザ・ロックに変えた。グラスの中で、氷が澄んだ音をたてる。躰の方々の痛みが、ひどくなっていた。特に、脹《ふく》れあがった腿《もも》がひどい。酒が、どういう作用を筋肉に与えているか、よくわかる。これも、すべてが終るまでの儀式のようなものだ。酔いが醒《さ》めると、痛みは鈍いものになる。酔う前と同じ痛みであっても、鈍いとしか感じなくなる。そうやって、怪我は遠ざかっていくのだ。

川中は、一杯の酒も飲まずに出ていった。

「桜内さんも、ジャズが好きかね？」

遠山は、不自由な右手で、ピアノを弾く真似をした。よく動く指だ、と呟《つぶや》いている。遠山の指は、カウンターの上で折れ曲がっただけで、一本も持ちあがらない。

「うちのボスの趣味は、哲学ですわ」

「なんだって？」

「つまり、哲学の本を読むんです。人間というのは、柄に合わないことをしたがるものですわ」

言って、知子は自分の言葉に吹き出した。

私が哲学書をよく読むようになったのは、医学の本と似ているからだった。躰を材料にする代りに、心を材料にしている。それだけのことだ。読んでいて面白くはないが、退屈もしない。

「精神的に、躰が動かなくなることを、信じるかね、ドク？」

叶が口を挟んだ。

「信じるよ」

「どうやら、遠山先生もそう信じているらしいんだな。いや、手術を受けようという気になったんだから、肉体的な障害という認識もあったのかな」

「開いてみりゃ、わかるさ」

「開いてみりゃか」

肩を竦《すく》め、叶はそれ以上喋ろうとしなかった。

一時間ほどで、『ブラディ・ドール』を出た。

遠山は知子が送り、私は叶のフェラーリ328に乗った。歩いても大した距離ではないが、腿の痛みはさらに激しくなっていたのだ。

腹に響くような哮《ほ》え声をあげて、フェラーリが走りはじめた。すぐにデパートが見えてきた。フェラーリは左に曲がった。

「右だがね、俺の部屋は」

「ゴミを片づけてから、行こうじゃないか」

海岸沿いの県道まで、一気に突っ走った。港。貨物船の姿が、闇《やみ》の中に見える。コンテナとコンテナの間に、叶はフェラーリを滑りこませた。

「誰が尾行《つけ》てきている？」

「知るもんか。顔を見てやりゃ、わかるかもしれない。そう思って引っ張ってきただけさ。

いいか、ドク。あんたは動くなよ。素人に出られたんじゃ、俺もフォローできないことがある」

よく喋る男だ。またそう言いそうになった。ドアが開き、叶が降りていった。

しばらくして、ヘッドライトがコンテナ置場の中に入ってきた。私も車を降りた。フェラーリの低いルーフに肘をついて、成行を眺めることにした。

入ってきた車は、二台だった。四人の男が降りてきて、叶をとり囲んだ。ヘッドライトが切られていないので、すべてがはっきりと見える。

「てめえが、また」

それだけしか、聞きとれなかった。

叶の躰が、横に動いた。速いとは思えなかったが、四人とも付いていけなかったようだ。叶の躰が静止する。ぶつかった男が、そのまま倒れる。二人目は、腕を押さえてうずくまった。息をつく暇もなかった。三人目が仰むけに倒れ、四人目はコンテナに背中をぶっつけてヘタリこんだ。

叶の手もとで、ナイフが白い光を放っている。倒れている男のそばにかがみこみ、叶は丁寧に服でナイフを拭った。

すぐに、フェラーリを出した。叶の表情は、まったく変っていない。この男がほんとうに殺し屋だったとしても、まったく不思議はない、と私ははじめて思った。

「誰だったんだ？」

「この間の続きをやろうって連中さ。兄貴分が脚を撃たれたんで、頭に血を昇らせたってとこだな。そのくせ、川中の店に入ってくる度胸はない」

「川中さんは、そっちの方の人か？」

「ただの酒場の経営者さ。ただ、この街の修羅場には、なぜかあの男は顔を突っこんでしまう。俺がここへ来る何年も前から、そうだったようだ」

「これからも、俺は付きまとわれるのかね？」

「面白いじゃないか。生きてる実感ってやつが、するんじゃないのか」

「寺島悟の手術をしてやったからか？」

「渡辺の事故にも遭遇した。これで、野村《のむら》の手術までしたことがわかれば、それこそ後ろに行列ができるくらい、いろんなやつらが付いてくるだろうさ」

「野村？」

「殺《や》った、と連中は思ってる。大崎ひろ子の家で寝ている男だよ」

「なるほど」

ひとつ、繋《つな》がりが見えた。寺島、渡辺、野村。この三人は、別の組織と対立した。そしてキドニーも叶も、この三人に近い。

「いくらか、関心が出てきたのかな」

「知らない方がいい、とキドニーも君も言ったぞ」

「そりゃ、礼儀ってやつだ。巻きこまれれば、袋叩《ふくろだた》きぐらいじゃ済まん」

幅の広い産業道路を真直《まっす》ぐ進み、途中から市街地に入った。

「放《ほう》っておくか」

「なにを？」

「もうひとり、ずっと尾行《つけ》てるやつがいる。何日か前から、この街をうろついてるよ。ただ、目的がよくわからん。刑事でもないしな。しばらくは、放っておくしかなさそうだ」

高村だろう、と私は思った。

台湾から戻ってきた、寺島の友人。それだけなのだろうか。

叶が、口笛を吹いた。『ブラディ・ドール』で沢村が弾いていた曲だ。ほとんど音楽を聴こうという気は起きないが、沢村のピアノは悪いものではなかった。躰の中に、澄んだ響きがまだ残っているという感じだ。

「儲《もう》ける気になれば、もっと大儲けができるだろう、ドク？」

「金に、関心はない。つまり使いきれない大金という意味だが」

「俗物じゃない、と気取りたいのかね？」

「俗物さ」

私のマンションが見えてきた。

私の方が、口笛を吹いていた。

11　鎮痛剤

手術は、四時間で済んだ。

思った通り、伸びきった筋がそのままの状態で固定してしまっていた。筋の束が伸びきったという状態で、元に戻すのは難しそうだった。一本一本の筋を、状態に合わせて少しずつ縮めた。ひどく手間のかかる作業だった。肘の動く方向も一方向だけとは言い難く、手首はさらに予測し難い複雑な動きをする。すべてを分析するのは、不可能だった。束から選《え》り分けた一本の筋の状態を見て、以前がどうだったか推測する。人間の躰には治癒力《ちゆりよく》があり、筋にもそれが見えていた。逆に、治癒力より、固定化の速度が上回っているものもある。

筋肉にも、張りがなくなっていた。遠山は、芸術家とは思えぬほどたくましい筋肉を持っていたが、要するに使いきれていないのだ。

「見事なものだね。指さきの魔術という感じだ」

遠山は、手術の間ずっと、開かれた自分の腕の中を見つめていた。途中で麻酔が切れかかり、痛みを訴えた。それ以外は、ただ自分の腕の中を見ていたのだ。

皮膚も縫合した。骨折のように副木《ふくぼく》を当て、固定する。指も、軽く曲げた状態で固定した。筋が繋がって、少しずつ動かしはじめた時は、かなり痛いだろう。

「治りましたよ」

すべてが終ってから、私は言った。汗もひどく、出血もかなりあった。ベッドに遠山を横たえ、二リットルほどの輸液の処置をした。点滴のスピードは、それほど遅くない。

「治ったのじゃなく、手術が終った、ということなんだろう？」

「治ったはずですよ」

「自信があるのかね？」

「充分に。動かないようだったら、半分は遠山さんの責任です。つまり、動かす意志がなかったということになる」

「いますぐにでも、動かしていいと思ってる」

「一週間」

言って、私は手術着を脱いだ。内臓にメスを入れない時は、ふだんの手術とは気分が違う。認めたくはないが、そうなのだ。

「しばらく、生活に不自由しそうだな」

「俺の愛人を、家政婦にやりましょう」

「ありがたいね。しかし、ホテル・キーラーゴに部屋をとってある。あそこなら、困ることもないだろうし」

私は、もう遠山の腕には関心を失っていた。確かに難しい手術だった。しかし、これ以上に難しい手術を、何度もこなしてきた。

カルテに、手術の概要を書きこんだ。それから近所のレストランに電話を入れ、スパゲティ・ナポリタンとコーヒーを頼んだ。

「画家は、腕と心が直結していると信じていてね」

「だったら俺は、遠山さんの心にメスを入れたということですね」

「なかなかいい眼をしている。手術の時はね。立ち会うことのある知子くんが、好きになった理由もわかるな」

私はスパゲティが届くのを、ただ待っていた。脚には、痛みが残っている。手術中には感じなかったことだ。

「動いていいのかね?」

「点滴が終ったら」

「糸は、いつ抜くんだ。中もずいぶんと縫っていたが」

「躰に同化します。腸線というやつでね。溶けちまう、と考えて貰えばいい」

「けものの腸かね?」

点滴は、ようやく一リットルほど終ったところだ。

スパゲティが運ばれてきた。

私はそれをすぐに平らげ、コーヒーを口に運んだ。知子は、診察台のそばに腰を降ろし、時々点滴の具合を確かめている。

休診の札が出してあるのに、患者が来たようだった。私は腰をあげた。

東京から来た二人の刑事だった。

「診察室を見せて貰うぞ、桜内」

若い方が言った。中年の方は、ことさら止める気配も見せなかった。

「令状は？」

「これさ」

腹に拳《こぶし》が食いこんできた。前に崩れるように倒れ、私は食べたばかりのスパゲティを吐き出した。診察室のドアが開けられる気配がある。

「立てますかな、先生」

その刑事が言う。私は、ようやく腰をあげた。

診察室で、若い刑事と知子がむき合って立っていた。

「手術直後の患者よ。わかってんの。常識のない顔をしているわね」

診察台に横たわって点滴を受けているのは、二人が想像していた人間ではなかったようだ。若い刑事の顔に、困惑の色が浮かんだ。

「私は、遠山一明という画家だ」

「画家？」

「マッポだね、まったく。どういう気よ。うちの先生まで殴って」

知子の指が、若い刑事の顎《あご》の下に突き立てられた。

「手術中だったら、どうする気だったのさ。命に関《かか》わることが、起きたかもしれないよ。どう責任取るの。警察なら、なにやってもいいと思っているわけ」

若い刑事が、知子の手を払いのけた。指が、刑事の首筋を弾いた。拍子でそうなった、としか見えなかった。

「なにをする？」

「こっちの科白じゃない、それは。とにかく、警察手帳を返すことになるわよ。やっていいことと悪いことの区別がつかない人間に、刑事なんかやらせるから、こんなことになるんだ。どこかの組の世話にでもなんな。ダニになりゃいいんだ」

「やめなさい、知子くん」

遠山が言った。私は、ただ呆れて見ていただけだった。

「とにかく、俺の顧問弁護士を呼ぶよ。腹に一発食らったことだけでも、我慢できん」

「まあ、ちょっと」

中年の刑事が割って入った。

「あんたも、一緒に免職になりたいかね」

「きのうの深夜、賭場で揉《も》め事が起きた。何人か怪我人が出てね。その中に、われわれが捜してた人物が入っていた可能性がある。ここで、てっきり手術だろうと思ったわけだ」

「思うのは勝手だが、踏み込むのは許されんね。おまけに、ボディに一発と来た」

「わかった。そっちの弁護士さんは？」

「宇野というのが、この街にいる」

名前を聞いただけで、中年の刑事は露骨にいやな顔をした。

「お詫《わ》びしろ、勝田《かった》」

「えっ」

若い刑事がふりむいた。

「待ってくださいよ。誤りがあれば詫びる。それは当然だが、それで許される場合と、そうでない場合がある。刑事さんだって、犯人が詫びれば許す、というわけにはいかないでしょう。私の顧問弁護士も、たまたまここのドクターと同じ人物だ」

「困りましたな」

「ドクターに一発お見舞いした。この事実は、消しようがありませんよ」

遠山の口調は、穏やかだが妙な迫力があった。二人とも、たじろいでいる気配がある。

「ドクターが訴え出れば、君は傷害罪で調べられることになるね。まあ、場合によってはドクターも、忘れてくれるかもしれんが」

「その場合というのは？」

「点滴を受けるのには、じっとしてなくちゃならない。痛みも少し出てきた。気を紛らわせるために、私の話し相手をしてくれないか」

「と言われても」

「この街で、なにが起きている？」

「われわれは、東京で起きた殺人事件の捜査に来ておりましてね。私は、警視庁捜査一課の井原《いはら》、こっちが砂町《すなまち》署の勝田。事件は、砂町署管内で起きておりましてね」

「それが、なぜこの街へ？」

「被害者の寺島という男が、ひと月ほど前、ここの病院で治療を受けてましてね」

「それだけで？」

「根は、この街にあるんですよ。そう読んでいます。それで、寺島の以前の足どりを追っているというわけで」

「麻薬かなにかの事件かな？」

「いや、大規模な詐欺事件の可能性がありましてね。直接は殺人事件ですから、われわれが担当しております」

「どんな種類の詐欺なんだね？」

「一般投資家から、大量に資金を集めて雲隠れというやつですよ。はじめ、寺島という男に、一番疑惑があったんですがね。殺されるに及んで、非常に複雑になってきた」

知子は、もう診察台のそばの丸椅子《いす》に腰を降ろしていた。

「しかし、なぜこの街が舞台なのかね？」

「わかりません。寺島は、この街で怪我をしたあと、殺された。渡辺という男も交通事故で重体のままです。はじめ疑惑をかけられた人間が、この街に来てるということが、わかっているだけです」

「なるほどな。はじめに疑惑を持たれた人間に、全部被《かぶ》せて殺してしまえば、本物の黒幕は、安心していられるというわけだ」

ほほえみかけた遠山の顔が、逆にかすかに歪《ゆが》んだ。痛みが本格的になってきたということだろう。神経をうまく掻《か》き分けて、手術をした。遠山にはつらくても、私には悪いことではなかった。

「鎮痛剤、飲みますか、遠山さん？」

「いや、この痛みが、なんとなく気持がいいね。これまで、時々痺《しび》れたようで、感覚がないことがあった」

「圧迫されていた血管が、二本ほどありましたからね」

「それは？」

「一本は圧迫を除き、もう一本は切断してちょっと縮めましたよ」

「わからなかった。筋だけいじってるような気がしたが」

「馴《な》れなきゃ、無理でしょうね」

「しばらく、この痛みを愉《たの》しむことにするよ」

「わかりました」

私は煙草に火をつけた。

「帰っていいでしょうか？」

遠慮がちに、井原が言った。眼を閉じた遠山が頷いた。

12　山荘

電話のベルで、眼が醒めた。

午前四時を回ったところだ。

「藤木《ふじき》と申します。夜分に申し訳ありません」

丁寧だが、どこかに底力のあるような言い方だった。

「朝まで、待たない方がいいと思いまして」

「怪我人だね？」

「先生の御存知の男です。高村と言います。腹に弾を食らってまして」

「診察室に、連れて来いよ」

「それが、動かさない方がいいだろう、と判断いたしております。弾を食らってから、二十六時間ほど経《た》っていまして。できましたら、迎えを下にやっておりますので、その車にお乗りいただけませんか」

「勘弁して貰おう。うっかり外に出ると、このところひどい目にしか遭わないんでね」

「御迷惑は、絶対におかけしません。私は『ブラディ・ドール』の支配人をいたしておりまして、迎えに参ってるのは、坂井というバーテンです」

憶えていた。ソルティ・ドッグを鮮やかな手並みで作った男だ。

「状態は？」

「背中の、腰に近いあたりから入って、右の肋骨《ろっこつ》の一番下あたりから抜けています。それを見るかぎり、貫通性の強い弾だろうとは思います。三八口径でしょう」

「意識は？」

「いまのところ、しっかりしています」

「わかった。下で待っているんだな」

私はシャツを着こみ、ズボンを穿《は》いた。

待っていたのは、黒いポルシェ911ターボだった。助手席の後ろに、スーツケースを押しこんだ。

「尾行《つけ》られる可能性がある。構わんのならそれでいいが、一応教えておこう」

「わかりました」

それほど荒々しい哮え声もあげず、９１１ターボは静かに発進した。

「この車は、川中さんのだね？」

「よく御存知で」

「高級車に乗ってる人が多いね、この街は」

「ベンツなんかは少ないんですが」

「あれは、高級車とは言えんよ」

「きのう、遠山先生の手術をなさいましたね？」

私は頷いて、煙草に火をつけた。闇の中で、私が頷いたのが坂井に見えたのかどうかはわからない。

「うまくいったんですか？」

「いった」

「自信があるんですね。沢村さんは、長くかかるだろう、と言ってました。ピアニストの中にも、そういう状態になる人がいるらしくて」

「放っておかなけりゃ、あんなにはならなかったはずだ」

「まわりの人間が気がついた時は、なっちまってたんですよ」

産業道路に出た。空は白みはじめている。走っている車は見当たらなかった。加速の圧力が、いきなり背中をシートに押しつけた。二百、二百十、二百五十。直線の産業道路を、あっという間に走り抜けた。

山道に入る。コーナーのシフトワークやステアリング操作は、シェーカーを振るのと同じぐらい見事な手際だった。車体が滑りはじめても、カウンターステアで楽に押さえこんでいる。

「川中さんは、知っていることだね？」

「車を、私が使っていることだけは。あとは、藤木と私だけでやってることです」

コーナーの多い山道も、百三十から四十ほどで走っている。対向車は一台もなかった。

コーナーの出際の加速が、うっとりとするほどだ。

途中から、さらに狭い道に入った。木立ちの中を走ったのは、十分ほどだった。

農家ではない。別荘ふうの家だ。飛び降りた坂井が、私のスーツケースを引き出した。

玄関に出てきた男が、じっと私に眼を注いでくる。慇懃《いんぎん》に頭を下げた姿に、確かに憶えがあった。タキシードを着せれば、『ブラディ・ドール』の支配人だ。

「まず、見ようか。俺の手に負えなけりゃ、大病院に運ぶしかない」

「本人は、先生にと言っております」

「言われてできることとできないことがある。駄目とわかっている手術は、したくない。それに、入院の必要も考えられる」

「ここは、私の知り合いの別荘です。というより、社長の知り合いと言った方がいいんですが。このさきひと月かふた月は、自由に使ってもいいことになっております」

靴を脱いであがった。

リビングルームの床に、高村は横たえられていた。閉じていた眼を開き、高村は私を見てほほえんだ。かなり憔悴《しょうすい》している。

「ダイニングテーブルがいいな、手術台は。電気スタンドのようなものがあったら、全部持ってきてくれ」

「御迷惑をおかけしちまって」

高村は、私の方だけを見ていた。坂井が運んできたスーツケースを開け、私は点滴による輸血の準備をした。瓶をぶらさげるのにちょうどいい、ポールの長いスタンドがあった。藤木と坂井は、手際よくダイニングテーブルの下にビニールシートを敷いた。ダイニングテーブルにも、シーツを何枚か重ねて敷いてある。

「俺が、先生にやって貰いたいと言いましてね。でかい病院に運ばれたりしちゃ、困るんでさ」

「早く俺を呼べば、問題はなかった」

「はずせねえ用事がありましたんでね」

二十六時間、いやもう二十七時間になろうとしているのか。刑事たちが言っていた、賭場での騒ぎとも一致している。

「ロープがいるな。手術中に動かれちゃ、どうにもならない」

晒《さら》しも、大量に用意してあった。消毒液なども、かなりある。

「必要ありませんや。そんな姿は晒したくありませんのでね」

「別に、恥かしがることでもないさ」

「とにかく、勘弁してください。死ぬまで、絶対に動きやしませんから」

「わかった。動かないでいられるなら、その方がずっと手術はやりやすい」

まず、麻酔を一本打った。高村は落ち着いていた。血圧はやや下降気味だが、脈搏《みやくはく》は正常だ。普通の人間なら恐怖感が血圧を高め、出血を激しくする。それから急激に血圧が低下して、手の施しようがなくなるのだ。

傷はひどい状態だった。見た感じがそうだということで、中は開けてみないかぎりわからない。

「かなり長い手術になる可能性がある。覚悟しておいてくれ」

「まあこれもめぐり合わせ、と思いましょうか」

「生きよう、と思うことだよ。気力というやつは、医者の想像を超えることがよくある。

俺も諦めないが、高村さんも諦めないことだね」

藤木が、そばに立った。その後ろには坂井もいる。二人とも洗い晒《ざら》しのTシャツを着て、頭にはしっかりタオルを巻きつけていた。剣道の面を取った時のような感じだ。

「なんのつもりだ？」

「助手が必要だろうと思いまして」

「普通じゃ、ぶっ倒れるだけだよ。別に、あんた方がだらしないと言うんじゃなくて、馴れの問題なんだ」

「絶対に、邪魔はしません。どうしても駄目な時は、部屋を出ます」

高村は、藤木の方を見ようとはせず、ただ眼を閉じた。言い争っている時間はない。私は肘から下をアルコール綿で消毒し、二人にも同じようにするように言った。輸血と輸液。瓶の交換の仕方を、坂井に教える。要領よくやってのけそうだ。手術器具については、藤木は多少の知識は持っているようだ。

二本目の麻酔を打った。

「はじめます」

言うと、眼を閉じたまま高村が頷いた。

肝臓と横行結腸の一部を傷つけ、後ろから前に弾は貫通している。射入口より、射出口の方がはるかにひどい。

奥へ開いていった。太い血管は、止血鉗子《かんし》で止めていく。藤木は、的確に私の掌に器具を置いた。額の汗まで拭ってくる。冷房は全開にしてあったが、熱気と臭《にお》いが部屋に満ちる。坂井が、飛び出していった。五分ほどで戻ってきた。

高村は、額に汗は浮かべているものの、ひと言も声をあげなかった。身動きひとつしない。横行結腸の縫合と、肝臓の止血。大動脈を、きわどいところではずれている。こうやって、拾う場合は命を拾う。

輸液の瓶を替えた。輸血の瓶も替えた。坂井は、手際よくやってのけ、脈搏数や血圧を時々報告してくる。

後ろから撃たれたのが、幸運だった。背中寄りにある臓器が、損傷を受けていない。腹から入った弾だったら、背中のあたりに一番のダメージがあったはずだ。

一番の問題は、腹膜炎の併発を防ぐことだった。傷を受けてから時間が経っている、というのが最大のネックだ。

背中から、傷を塞《ふさ》いでいった。指さきに神経を集中させていた、と言っていいだろう。時間も忘れていた。

「血が、もうありませんが」

坂井が言った。わかっていた。輸液だけで一時間近くしのがなければならないかもしれない、とは最初に考えたことだ。

念入りに消毒しながら、徐々に這《は》いのぼってきた。まさしく背中から、腹の中を通って切開口まで這いのぼってくる、というような感じになった。

最後に、腹膜を閉じ、皮膚を縫合した。

「終ったよ」

手袋をとった。

「ありがとうございます、先生」

弱々しいが、高村の言葉はひとつひとつはっきりしていた。

「ほんとに、微動だにしなかった。ちょっと驚きましたよ」

「念じてることがありましてね」

「しばらく、眠ってください。痛み止めと鎮静剤は打っておくから」

午前十時を回っていた。

輸液は、まだ続けた方がいいだろう。出血はすべて止まっているはずだが、失った血が多かった。藤木と坂井は、黙々と血で汚れたものの片づけをはじめている。

手術着を脱ぎ、リビングのソファで煙草をくわえた。

「坂井がお送りします、先生」

「今後の処置をどうするかということと、必要な薬剤は彼に渡そう。急激な変化があったら、呼んでくれてもいい」

　黙って、深々と藤木は頭を下げた。

「大変な男だ。よく耐えきったもんだと思うよ」

「そうですね」

「なぜもっと早く呼ばなかった？」

「会ったのが、先生に電話する一時間前でした。ここへ運んで、坂井を先生のところへやったというわけです」

「二十五時間か。その間、高村さんはなにをやってたんだろう」

「待ってました。私と約束した場所で、じっと動かずに」

「なにを考えてるのか、わからん連中が多すぎるよ」

　手術器具は、坂井が全部スーツケースに収めた。

「お払いは、どれほどでしょうか？」

「君が？」

「場合によっては、一日か二日、待っていただかなければならないかもしれません」

　私の問いには答えず、藤木が言った。

「五万」

「そんな」

「五万でいい、と思える患者だった。痛みや苦しさというものを、人間がどれほど耐えられるかということを、教えて貰ったよ」

「そうですか」

「これからも痛むし、苦しいがね。手術中と較《くら》べれば、遊びみたいなもんだ」

外で、ポルシェ911ターボのエンジン音がした。

「君たち二人も、特別な人間だね。血を見ても、肚《はら》が据っていた」

「馴れてるのかもしれません」

事もなげに、藤木が言った。

私は外に出て、ポルシェ911の助手席に乗りこんだ。

坂井の運転は、来る時とはまるで違っていた。ロールス・ロイスを転がすように、滑らかにポルシェは坂を下っていく。

「なかなかの男だ。高村さんというのは」

「呻《うめ》きひとつ、あげませんでしたね」

「ほかにも、すごい傷があったよ。腿にだがね。大動脈をはずれたんだろう。あの人は、二つ目の命を拾ったことになるね」

「実は、会ったのはさっきがはじめてなんです」

「そうなのか」

ようやく、ポルシェは二車線ある山道に出た。

「高村さんと藤木は、ひと言も口をきかなかった」

「私も気づきましたが、あまり気にしないことにします」

私も気にするな、と坂井は言っているのかもしれない。

「疲れたな、久しぶりだ」

「きのう、遠山先生の手術もなさっていますからね」

「眠っていいかね」

雨もよいだった。

フロントグラスの水滴を、坂井は時々ワイパーで拭いとっていた。

13　パイプ

四日間、なにも起きなかった。

日曜の午後に、街の中でチラリと二人の刑事を見かけた。私に気づいたが、近づいてくる気配はなかった。

四日の間にやったことは、馴々《なれなれ》しくなりすぎた夏子と別れたぐらいのものだ。

月曜の一番に、大崎ひろ子から電話があった。

「見事なものね。傷口はきれいに塞がって、元気に歩いてるわ」

「生命力のありそうな男だったからね」

「抜糸も済ませた。セックスも大丈夫みたい」

「試したのかね?」

苦笑して、私は言った。

「同じ屋根の下に、若い男がいるのよ」

「正直な人だ」

「キドニーにも、電話をしたところ。性格は悪くなさそうだし、しばらく暮してもいいと思ったんだけど、無理みたいね。根を張るのが嫌いな男ってわけ」

「まあ、あの傷でセックスできたんだ。君を好きだった、としか俺には思えないよ」

「ありがとう。キドニーが、あなたに会いに行くそうよ」

「改めて、礼などいらんよ」

「礼をする男だと思って? また厄介事を持ちこもうってだけのこと」

笑って、私は電話を切った。

キドニーがやってきたのは、正午少し前だった。

腰を痛めた老人の患者を、私は送り出したところだった。

「詐欺事件の話は、薄々知ってるよな、桜内?」

「関心はないね」

「ところが、関わっちまってる。ひとつ真理を教えてやろうか。弁護士の経験から獲得したものだがね。ことさら関心を持つまいと決めてかかると、むこうから近づいてくる。厄介事なんてもんは、大抵そうさ」

「それで用事は？」

「忙しいのか？」

「カレーライスが来ることになってる」

「俺の前で食え。女じゃあるまいし、食ってるところを見られたくない、なんて言いはしないだろう？」

「おまえの分がないよ、キドニー」

「昼めしは抜きさ、いつも」

キドニーが、パイプに火を入れる。顔がむくんで、体調はよくないようだ。

「内臓提供者は、現われないのか？」

「永久にな。その気がない」

「いつまでも、人工透析を受ける気かね？」

「自分の命ってやつを、自分で握っている。その快感は、なかなかのもんさ」

キドニーは、診察台に腰を降ろすと、濃い煙を吐いた。煙草の煙だらけの診察室など、滅多にあるものではないだろう。

「俺は、寺島の弁護士だった。死ぬ一週間ばかり前に、電話で頼んで来たんだ」

「だから？」

「話は全部聞けよ、桜内。寺島は、数十億という規模の詐欺の正犯《せいはん》にされかかっていたんだ。それに反撃する材料を、この街で見つけた。それで、消されかけた。要するに、自殺に見せかけようってわけだ。傷の手当てをしてやったのはおまえだから、どんな種類の自殺かは、よくわかってるだろう」

　また、濃い煙が続けざまにキドニーの口から出てきた。

「なんとか逃げて、同じように共犯にされかかっていた二人を、この街へ送ってきた。寺島自身もここへ来ようとしていた矢先に、射殺されたわけさ」

「死ねば、依頼人の関係は消滅じゃないのかね」

「俺は、遺言執行人のつもりだ。大抵は弁護士がやることなんでね」

「話は、わかった」

「妙な男が、ひとり現われた」

「賭場での撃ち合いのことだな」

「さすがに、よく知ってる。俺が説明を加えるまでもないかな」

「なにも知らんよ」

「つまり、寺島の応援団が、勝手にゲームに参加しはじめた、というわけさ」

知子が、カレーライスを運んできた。

私は早速スプーンを使いはじめた。知子が私の部屋にやってきて世話を焼いていたのは、金曜日までだった。私がひとりで充分に用を足せる、と勝手に診断したのだろう。

「渡辺の意識が回復していない。回復したところで、元に戻っているかどうかわからん、という状態なんだ。残ってるのは、野村だけさ」

「それで応援団を頼みたいというわけか」

「その男と、会わせてくれるだけでいい」

「知らんね」

「おまえが手術をした。その可能性は大きい、という叶の報告が来てる。モーテルの賭場で撃ち合いがあった。それが誰を相手の撃ち合いだったかは、すでに調べてある」

「じゃ、応援団の方も、調べろよ」

「わからなかった。叶が調べてわからなかったんだ。ただ、おまえが木曜の午前中、診察をすっぽかしていた、ということはわかったよ」

「言えないな」

「どうすれば、教えてくれる？」

「俺を拷問にでもかけてみろよ」

「頼みだ、これは。派手に捜せば、連中に気づかれる」

「どっち側に引っ張りこまれるのも、俺はいやだね」

「いまのところ、おまえはむこう側の人間の手術はしてない。つまり、もうこっち側の人間ってことだ」

「かたちではな。人がそう見ようと、俺は構わん。どっち側かは、自分で決めるよ」

「そうか」

キドニーは、パイプの中の灰を、灰皿に落とした。煙の割りには、パラパラと少量の灰が落ちてきただけだ。私はカレーライスを平らげ、ナプキンで口を拭った。

「そろそろ、パイプが面倒な時期になってきた」

「そんな時期があるのか?」

「暑い時はやりきれんよ。掌に汗をかいてな。まあ、俺の躰には、暑い方がいいんだが」

汗で老廃物を躰の外に出す。尿の出ないキドニーにとっては、確かに悪いことではないだろう。

「考えておいてくれないか、桜内。どうしても、その男に会って確かめたいことがある」

「今夜、一杯やれんか、キドニー?」

「どこで?」

「川中の店」

「あそこは嫌いなんだ。俺と川中が犬猿の仲だってことを、知らんようだな」

「今夜の七時に、俺はあの店にいる。いい女に目星をつけたんだ」

「女にも興味がない。それも教えてなかったな」

キドニーが出ていった。

私は窓を開け、部屋の煙を外へ出した。

「遠山先生の抜糸、いつにします？」

「傷の状態は、毎日君が見てるんだろう」

「明日あたりで、大丈夫だと思うんですけど。縫い方によっても、回復がかなり違うものだということが、よくわかりましたわ」

「リハビリは、慌てちゃいかん。ただ、指だけでも、動かした方がいい時期ではあるな」

肘から手首、指のさきまで、まったく固定したという状態を続けている。指の固定は、もうはずした方がいいかもしれなかった。

「先生が、やってくださいますか？」

「時間がないな。君が行け」

「暇を持て余してるじゃありませんか」

「躰を切り刻むこと以外に、あまり関心はないんだ」

「わかりました。方法を教えていただければ」

声をあげて、私は笑った。煙草に火をつける。開け放った窓から、吐いた煙が流れ出していった。知子が、けげんな表情をしている。

「思い出したんだ。手術のあとで、刑事が踏みこんできた時のことをな。君のべらんめえは、見事なものだったぜ」

「やくざ者の女房《バシタ》でした。十九の時から、一年半ばかり。いろんなことを仕込まれましたわ」

「ベッドの上のことか」

「それも。人を威《おど》したりする方法も」

「別れたのか？」

「死にましたよ。長生きできない男だろう、とは思ってましたわ」

「惚れていたのか？」

「今日は、質問が多いですわね」

「関心を持ったってことかな」

「そういえば、夏子と名乗る女の人から、電話がありました」

「別れたよ」

「むこうじゃ、そう思ってないみたいですわ」

鼻で笑って、私は煙草を消した。二度抱いただけで、田舎臭い娘の魅力はなくなった。二度でも、多過ぎたくらいだ。

「扱いは、君に任せる」

「いやです」

「それも、愛人の仕事さ」

なにも答えず、知子は診察室を出ていった。私は、デスクに両足を載せた。昼寝の時の、私の恰好だった。

眠らないまま、かつて婚約していた女のことを思い出した。美人の部類に入る女だった。結婚していれば、消化器専門の病院で、いまごろは副院長でもしていただろう。養子縁組で、私は桜内という名前すら捨てることになっていた。

優雅な挙措に似合わず、ベッドの中で女は淫乱《いんらん》なだけだった。それが刺激にもなった。私は、女に関しては、それほどの幻想を持ってはいなかった。十六の時に、二十三も歳上の女と関係を持ったし、それからも、いつも二人か三人の女と関係を続けていた。

母親が妾《めかけ》だったということが、関係あるのだろうか。初老の、ちょっと小意気な男に囲われたのは、私が小学生の時だった。それから、二度男を替えた。父親がどういう男だったのか、知らない。戸籍も空白のままだ。

淫《みだ》らな血が流れている。二十代のころは、よくそう思った。いまは、なんとも思わない。女はおもちゃのようなものだ。そう思っているだけだ。

午後の患者がやってきた。

待合室が混み合っていない。それだけの理由で、私の病院を選んでやってくる人間もいるのだ。

キドニーが吐いていったパイプ煙草の煙は、もうすっかり消えていた。

14 酒場

川中が、カウンターから腰をあげようとしているところだった。まだ七時前だ。

「世話になったみたいだな、ドク」

カウンターには、空のカクテルグラスがあった。窺《うかが》うように、坂井が川中を見ている。

川中はスツールに腰を降ろし、私にも勧めた。坂井が、黙ってシェーカーを振った。

「川中さんに用事ってわけじゃなかったんだが」

「ここは俺の店さ。そして、七時まではいつもここにいる」

川中の前に置かれたのは、どう見てもドライ・マティニーだった。

「シェイクしたドライ・マティニー。俺の専売特許でね。キドニーなんかは、品がないと言って馬鹿にしているが」

カクテルグラスを、川中はひと息であけた。

「同じものを」

「ステアしたドライ・マティニーになりますが。シェイクは、社長だけということで」

「それじゃ、バーボンストレートだ」

恭しい手つきで、坂井がワイルド・ターキーを注いだ。

「いい車だね、川中さん。俺はポルシェに乗ったのは、はじめてだけど」

「坂井はプロ級の運転をする。俺も、よく汗をかかされたもんさ」

藤木がそばへ来て、頭を下げた。それだけで、なにも私に言おうとはしない。

「キドニーと、ひどく仲が悪いそうだね」

「あのニックネーム、俺が贈ったもんだよ。俺はキドニーが嫌いじゃない。やつも、俺が嫌いじゃないはずだ」

「それでも仲が悪いというのは？」

「そういうもんさ、人間ってやつは。どこかで、一度擦れ違っちまうとそれっきりで、お互いにふりむけないんだ」

「子供じゃないか、それじゃ」

「男はみんな子供さ」

藤木が、もう一度そばへ来た。眼《め》で捜した私の仕草に気づいたようだ。

「内密の話がある」

「ここで、結構ですよ。先生にとって、内密というのでなければ」

「キドニーが、この間の患者と会いたがってるんだ。俺が手術をしたことは、嗅《か》ぎつけてる。叶という有能な探偵がいるから」

「高村が会ってもいいと言えば、私になにか申しあげる権利はありません」

「君が保護している男だろう。君に許可をとるべきだと思ったんだが」

「そういう判断は、私のするべきことではありません。特にあの男に関しては」

私は、ワイルド・ターキーを口に放《ほう》りこみ、チェイサーに手をのばした。勝手にやれ。

藤木はそう言っているのだろうか。

「キドニーが、自分から頼みに来たのかね？」

川中が口を挟んだ。

「うちの診察室にね」

「じゃ、言うことは聞いてやれ。滅多に人に頼んだりする男じゃない」

「仲の悪い川中さんが、そんなことを言うのかね」

「いいのさ。キドニーには、なにをやっても許される。そう思ってるよ」

「逆じゃないのかね？」

「なにをやっても、あいつは俺を許さん。ということは、すべては許されるということでもあるね。違うか？」

「理屈は、どうにでもつけられるな」

二杯目のウイスキーを注ぐべきかどうか、坂井は迷っていた。私はちょっと頷《うなず》いてみせた。ショットグラスに注ぐ手つき。一滴もこぼれず、しかもぴったりと量が決まっている。

「バーテンは長いのか、坊や？」

「何年で、長いと言ってもいいんでしょうか？」

坂井が、ちょっとほほえんだ。

勝手にキドニーを連れていこう、と私は考えていた。ショットグラスの中身を口に放りこむ。三杯目は、黙っていても注がれた。

「あんたが、この街のボスだって話だが」

「生きてるかぎり、俺は諸悪の根源なんだよ、キドニーにとっては」

川中が笑う。ふっと引きこまれそうな人懐っこい笑顔だが、そのもうひとつむこう側に見る者をはっとさせるような暗さがある。

「腕のいいドクターが、この街には少なかった」

そのために何人もが死んだ。そう言っているような感じだった。川中が腰をあげ、ちょっと手を挙げて出ていった。藤木は、私のそばに立ったままだ。

「二日ほど、発熱しただろう？」

「そのようです」

「面倒を看《み》てるのは、君じゃないのか？」

「女の子を、ひとり付けております。坂井の知り合いですが」

「勝手にさせて貰《もら》うぜ」

私が言うと、かすかに頷き、藤木は頭を下げて奥へ消えていった。

隣りのスツールに、女がひとり来た。きれいだが、痩《や》せすぎた女だった。つまらない話を、しばらくした。後ろから、肩を叩《たた》かれた。キドニーが立っている。

「ここは、きらいだったんじゃないのか？」

「川中のいる時間はさ」

坂井が、註文《ちゆうもん》も聞かずジャック・ダニエルのストレートをキドニーの前に置いた。女の子が席を立った。坂井が、合図でも出しているのかもしれない。

「いまのが、おまえの言ういい女か？」

「店のお仕着せってやつさ」

「お好みの女の子を言っていただければ」

坂井が言った。キドニーは、鼻で笑っただけだ。

「グリーンのワンピースを着ていた女がいた。この間、ここで飲んだ時、見ただけなんだが」

「わかりました。理紗《りさ》と言います。いま、呼びましょうか」

「やめろ、坂井。俺が、ここの女どもに関心がないことは知ってるだろう。俺は、ドクと飲むためにここに来たんだぞ」

「桜内先生の御指名です。宇野さんのそばには坐《すわ》らせませんよ」

「香水の匂《にお》いぐらい、流れてくるさ」

「どうしますか、先生？」

「今度、その子を呼んでくれ」

「女で、なにかを紛らわせてるのかね。それとも、もともと女が好きなのか。あるいは、両方なのかな」

「連れていく」

「女を？」

「おまえが会いたがってる、怪我人《けが》のところにさ」

「この店で、そういう返事をするということは、川中に関係があるのか？」

キドニーの口調が、ちょっとだけ深みを帯びた。私は、ショットグラスを口もとに持っていった。放りこむような飲み方は、二杯で沢山だった。

「勝手にしろとさ、藤木が」

「藤木？」

キドニーが、坂井の方に眼をやった。かすかに、坂井が頷いたようだった。

「ほう、藤木が絡んできたとはね」

店の中を見渡すように、キドニーが首をめぐらせた。三組ほど客が入っている。席につかない女の子は、どうやら奥の控室にいるようだった。ひとつの席に、必要以上に多くの女の子はついていない。

「藤木が、川中の代りをやってるのか?」

「社長は、関係ないみたいです。車などを使いましたので、一応の報告はしてあります」

「最近、やっと聞けるようになったな、おまえの言葉遣いも。前は、馬鹿丁寧な喋《しゃべ》り方をしやがってね。慇懃《いんぎん》無礼ってやつだったな」

半分は私にむかって、キドニーは言った。

「しかし、めずらしいな。藤木が、自分の関係でなにかやるなんてこと、いままでにあったか?」

「いえ」

「生きてるか死んでるか、よくわからん男でね。そのくせ、川中のこととなると、意地になって躰《からだ》まで張っちまう」

「成行ってやつですよ。わかってるでしょうが、宇野さん。社長はいつだって、関係ないのに巻きこまれちまう」

「まあ、おまえも似たようなもんだしな」

キドニーが、パイプに火を入れた。カウンターのジャック・ダニエルは、ほとんど手がつけられていない。

「藤木がやってることに、川中が巻きこまれる。これはあるかな?」

「少なくとも、藤木さんは望まないでしょうね」
七、八人の客が入ってきた。その中の二人が、キドニーと挨拶《あいさつ》を交わしている。キドニーの口調は、皮肉っぽくもなく、媚《こ》びているようでもなかった。役所の窓口の、戸籍係の口調のようだ。
この街の郊外には、大企業の工場がいくつかある。そこで働いている人間だけでも、相当な数になるはずだ。工場の診療所の医者をやってくれ、という申し入れは時々ある。全部断っていた。食えなくなった時、やればいいことだ。

ようやく挨拶を終えたキドニーは、黙って私を促した。私は腰をあげた。藤木が、クロークのところまで見送りに出てくる。キドニーはなにも言わなかった。

数十メートル歩いたところに、ブルーメタのシトロエンCXパラスが待っていた。

「どっちへ行けばいい」

「産業道路を、とにかく山のところまで」

シトロエンのサスペンションは、まるで揺れるクルーザーかなにかに乗っているように、やわらかだった。制限速度をきちんと守って、キドニーは運転している。

「電話をしてくれ」

言われて、私は自動車電話に手をのばした。キドニーが言う番号をプッシュする。コール音が三回で、繋《つな》がった。

「どこを走ってるんだね、ドク?」

叶の声は、すぐ近くのもののように聞えた。キドニーが受話器に手をのばしてくる。

「ボディガードがいた方がよさそうだ。こっちは医者と弁護士だけだからな。尾行《つけ》てるのは一台だけだと思う」

場所を説明して、キドニーは電話を切った。

道路の左端に、シトロエンを停《と》める。

「荒っぽいことは、若いころから苦手でね」

車内に、キドニーのパイプ煙草《たばこ》の煙と香りが満ちてきた。私は、助手席側のウインドを下まで降ろした。

「なんで、流れ者になった、桜内?」

「性に合ってた」

「なるほどな」

時々、トラックが行き過ぎる。工場の塀がずっと続いた場所だ。

私が大学病院をやめたのは、手術した患者の家族に訴えられたからだった。難しい手術だった。手術適応例かどうか、判断がつけにくかったのだ。食道静脈瘤《じようみやくりゆう》。ありふれた病気だ。肝臓病の何割かは、そこへ行き着く。ただ、手術は難しい。対症療法だけで、静脈瘤が破れると、死亡率は高い。

私の患者は、静脈瘤が破れるのを待つのを、ひどくいやがっていた。一度出血し、次の出血ではもう駄目だろう、と予測はついた。

所属していた医局の教授が開発した、特殊な手術法を私が試みることになった。成功すれば、画期的なものになるはずだった。その教授が執刀しなかったのは、臆病《おくびよう》さからだった。それは、後になってわかったことだ。手が思うように動かない。教授は私にそう言ったのだ。軽い脳梗塞《のうこうそく》と自分で診断をつけていた。他の医局との対抗上、それは伏せているしかなかった。

手術は成功した。ひと月生きれば、成功と言っていい。しかし、手術をしなければ、何年も生きられた可能性もあったのだ。

誓約書まで取って、手術は行われる。病院側の落度は、なにもなかった。裁判所も、訴えを取りあげはしなかった。それでも、私は辞表を出した。患者を死なせたからではない。自分の師であった教授の指が、何事もなく動くことを発見したからだ。

多分、よくあることだろう。気にする方が馬鹿げていた。私は、ある病院のひとり娘と結婚が決まっていた。どうせ、中規模病院の院長になるのだ。そんな考えがあったのか、大学は私を慰留しようとはしなかった。

小さな病院に勤めた。なぜ結婚しないのか、婚約している女は不思議がった。

フェラーリの、独特の音が聞えてきた。

キドニーが車を出した。すぐ後ろからフェラーリが付いてくる。

「派手な車だ、まったく」

「殺し屋には、似合わんな」

「あいつは、あれでいいのさ。川中とも俺とも違う。車を、女みたいに愛してるのさ」

「二度ばかり、乗ってみたがね」

「優雅に、荒々しく走るだろう、イタリア車ってやつは」

「確かにな」

後ろから付いてくるフェラーリのエンジン音の方が、シトロエンの音より大きいほどだった。私は煙草を捨て、窓を閉じた。すぐに、山道が近づいてきた。

15　過去

少女が玄関に出てきて、ぎこちないお辞儀をした。

「坂井の友人というのは、君か？」

少女が頷く。まだ二十歳そこそこという感じだ。私たちがやってくることは、坂井から電話で知らされていたようだ。

叶のフェラーリは、山の中の分れ道のところで待つことになったので、私とキドニーの二人だ。あの道を通ってこないかぎり、この別荘へは歩いてしか来れない。

高村は、奥の日本間の蒲団《ふとん》に横たわっていた。私が指示した、一日二本の点滴は実施しているらしい。点滴用に使ったポールの長いスタンドが、そばに置いてある。

「こちらは、宇野さんという弁護士でね。どうしてもあんたに会いたいと言うんだ。尾行《つけ》られたりはしないように、充分注意はしてやってきた」

かすかに、高村が頷いた。顔色はよくなっている。腹膜炎は併発せずに乗りきったようだ。私は、そばに坐りこんで、手早く傷口の点検をした。

「もう、自分で食い物を入れた方がいいな」

「今朝から、そうしてますよ。ジュースなんかですが」

「俺は、殺された寺島悟の弁護士でね」

キドニーも、私のそばに坐りこんだ。

「お名前だけは、寺島から聞いておりやしたが。あれが死んじまったんじゃ、弁護もなにもねえじゃありやせんか?」

「遺言執行人の役目がありましてね。もっとも、勝手にこっちで決めたことだが」

「そうですか」

思った以上に、高村は身ぎれいにしていた。シーツなども、毎日替えている気配だ。枕《まくら》もとに置いてある薬を、私は点検した。規定量を、きちんと服用している。患者としては、手のかからない素直な部類だ。

「高村さん。なぜ、あの賭場《とば》で撃ち合いになったんです？」

「俺は、あそこの賭場じゃ、ただの客です。ただの客として行って、別の客と揉《も》めちまったわけですよ。場所が賭場だったってだけで、荒らす気なんかはありませんや」

「揉めた相手は？」

「知らねえやつらです。ただ、むこうはこっちを知ってた。俺が、寺島のことをいろいろ嗅ぎ回ってることもね。寺島ってのは、俺がガキのころからの友達《ダチ》なんでさ。兄弟と言ってもいいくらいだった」

「殺されたのは、東京ですよ」

「俺も東京にいましたよ。寺島は、この街へ来るつもりだったんです。電話でしか話してませんがね。寺島を嵌《は》めた野郎が、多分ここにいるってことでしょう」

「その男を、捜そうって気でここへ？」

「友達《ダチ》なんですよ。まともな生き方はしてませんが、友達《ダチ》が殺《や》られたってことは、てめえが殺られたってことでさ。黙って台湾に帰っちまえば、合わせる顔がねえんです。あの世の友達《ダチ》にね。それも忘れちまうほど、根性は腐ってねえってことです」

「それで、なにか見当はついたんですか?」

「美竜会《みりゅうかい》がね、かなり食いこんでます。多分、寺島を嵌めた野郎が、美竜会を使ってる。美竜会としちゃ、ただ使われるだけじゃなく、その秘密を握って、大金を引き出そうとも考えてんでしょう。だから俺は、美竜会の賭場に顔を出してみたんでさ」

「寺島には、二人の仲間がいた。つまり、三人まとめて嵌められかかった。寺島は東京で殺られ、残りの二人はこの街で襲われた」

「二人を、先行させたんです。そう言ってました。ただ、俺はその二人はまったく知らねえんですよ。だから、賭場にでも顔を出してみるしかなかった。なにしろ、寺島にも会っちゃいねえんですから」

「嵌めた男を暴いたら、寺島はそれからどうする気だったのかな」

「国を出る気でした。俺がたまたま帰国してたのは、やつにとっちゃ渡りに舟ってやつだったでしょう。だから、自分の事情も説明したし、何度も連絡もとった」

「高村さん、あんたと賭場で揉めたのは、美竜会の客分として、東京から来ている五人のうちの三人ですよ。その五人が、美竜会を使うっていう恰好《かっこう》でね」

「よく御存知ですね」

「俺は、美竜会の顧問弁護士もしてましてね」

「東京で、寺島をやったのも、その五人か、キドニー?」

火のついていない煙草をくわえたまま、私は口を挟んだ。

「多分」

「この街で、渡辺や野村を襲ったのは？」

「それも五人さ。殺そうとして、二つとも失敗してる。美竜会には、殺しちまおうって発想はない。おまえをサンドバッグにしたのは、美竜会の連中だよ」

「全部わかってるっていう、言い方だな」

「襲った人間のことはな。襲わせたのが誰なのか、見当がつかん」

「この街で、寺島を自殺に見せかけて殺そうとしたのは？」

「それもわからん。そいつがわかると、裏にいるやつまで手繰《たぐ》れるという気はするが」

「俺もでさ。はじめに寺島が殺《や》られかけた時のことから、探るしかなかった。それで、先生にしつこく付きまといましてね」

「刑事も来ている。ちょっと間の抜けた刑事だが。俺は、何度かいやがらせをされた」

言って、私は煙草に火をつけた。少女が灰皿を差し出してくる。

「ところで宇野先生。なんで寺島の遺言執行人なんかやろうと思ってるんです？」

「乗りかかった舟ってやつさ。それに、最初の時に金を振り込まれてしまった。事が面倒になって、海外に飛ぶ時に、金を払う時間がない、と寺島は考えたのかもしれん」

「それだけで？」

「悪いかね？」

「いや。話して、俺にもだいぶ見えてきたものがあります。動けねえのが、残念で仕方ねえですが」

「死ななかっただけ、ましですよ、高村さん。死んでても、おかしくなかった」

少女が、お茶を淹《い》れてきた。私は口をつけたが、キドニーは手を出さなかった。水分もとらない習慣ができているのかもしれない。

「これからどうなさるおつもりで、宇野先生？」

「成行を見てる。いままでも、そうしてただけですよ。成行を見ることと、状況をしっかり把握すること。俺にできるのは、この二つでね」

「野村って男、どこにいるか御存知なんでしょう？」

「俺が匿《かくま》ってますよ、ある所に。二か所撃たれててね。やっぱり、このドクターが手術してくれた。もう歩いてるそうです」

「腕がいい。自分の腹を切り裂かれながら、俺はびっくりしてました。そっちの方面を、全然知らねえってわけじゃありませんでね。手術器具なんかを、東南アジアに輸出するのが、私の表むきの仕事でして」

　高村が、ちょっと笑ったように見えた。

「宇野先生。成行見守って、状況を把握するってことだけが、先生のおっしゃる遺言の執行なんですか？」

「法律的に、叩き落とせる状態になったら、叩き落とす。それ以外の方法もあるが、いまは考えてませんよ」

「寺島は、いくら先生に払いましたか？」

「百万」

「それに、もう百万俺が足します。それで、俺を使っていただけませんか。囮《おとり》でもなんでも構いやしません」

「歩けるようになったら、考えましょう」

キドニーは、話を切りあげる気になったようだ。私は、冷えてしまったお茶を飲み干した。

「ところで、藤木とはどういう関係です？」

腰をあげかけたキドニーが言う。高村は、視線を天井にむけた。そのままで、しばらくなにも喋ろうとはしなかった。

「俺は、藤木がこの街へ流れてきた時からの付き合いでね」

「こんなところで、会うとは思いませんでしたよ」

高村の眼は、天井を見たままだった。

「昔、友達《ダチ》だった。それだけのことです」

かすかに頷いて、キドニーは腰をあげた。

玄関まで、少女が見送ってきた。店がはねると、坂井がバイクでやってくるらしい。少女がなにをしているのか、私にはまったく見当がつかなかった。坂井との関係は、察しがつく。

「昔は、どんな医者だった、桜内？」

車を出してから、キドニーが呟《つぶや》くように言った。

「このままの医者だった」

特別の過去が、私にあるわけではなかった。教授の身代りで新しい手術を試み、劇的な成功か失敗をして、医局を追い出されたというのなら、まだ語っても面白い過去だろう。私はただ、気紛《きまぐ》れの散歩にでも出るように、大学病院をやめてしまった。勤めたのは、都下の山中にある、小さな外科病院だった。誰もが、婚約者の実家に入るものだと思っていただろう。そうしなかったことにも、語るほどの理由はない。

その小さな病院で、私が行った脳手術が問題になった。緊急を要するものだった。いくつかの大病院に連絡したが、どこも引き受けてはくれなかった。それで自分でやったのだ。自信があるとかないとかいう次元ではなかった。患者は、眼の前で死にかけていた。開頭するか、黙って見ているか。選ぶことに、苦痛はなかった。麻酔医も含めて三名のスタッフだけで、手術を強行した。

結果として、命は助けた。しかし、人間として生き残ったわけではない。ロボトミーの手術を施したのと同じ状態になった。意志のない命だけを、患者の家族に返すことになったのだ。

医師免許を取り消されるかどうか、という問題にまで発展した。それならそれでよかった。患者の家族の訴えが、厄介事を抱えこんだ腹癒《はらい》せに近いものだったのが、私の医師免許を守ることになった。

その病院もやめた。婚約も、解消ということになった。婚約者の父親が、私の医師としての人格のありように、疑問を抱いたのだ。好きでも嫌いでもない女だった。別れることに苦痛もなかった。

都内に戻り、小さな病院を開業した。せいぜい、骨折の手術ができるぐらいの病院だった。公にできない怪我の治療なども、その時からするようになった。

堕《お》ちていく人間、というのは多分いるのだろう。上へ上へと行きたがる人間がいるように、知らぬ間に堕ちていく人間もいるはずだ。父親がわからない。母親が、何人もの男の妾《めかけ》をやった。そんなことを、堕ちたことの理由にする気はない。何人もの男から掠《かす》め取った金で、母は小料理屋をはじめ、私が優秀な医者になっていくことを夢見ていた。店で倒れて死んだのは、私がまだ大学病院の医局にいる時だ。母の存在は、むしろ堕ちていく私を食い止めていたとさえ言える。

私は、ただ堕ちてきて、いまこの街にいる。母の店を売った金を、最初の開業資金にした。いくらか患者が増えると、私はなんとなく地方へ行きたくなり、銚子や島根を選んだ。理由はなにもなかった。そこに飽きると、この街というわけだ。

「難しい顔をしてるじゃないか」

「過去ってのがなにか、考えていたよ」

「語るほどの過去はない。大抵の人間はそういうもんだよ。弁護士なんかやってると、それがよくわかる」

街道に出た。

「俺にも、語るべき過去はない。交通事故で死にかかったことぐらいさ。街じゃ、変り者の弁護士で通っている。いつか自殺衝動に苛《さいな》まれるだろうと思い続けていたが、いまだに一度も衝動に襲われたことがない」

「だろうな」

「自殺するタイプではないか、俺は」

「他人を自殺に追いこむタイプだな、強いて言えば」

乾いた声をあげて、キドニーが笑った。

「藤木も、わけがわからん男さ。半分死んでる。俺にはそう見える」

「ほんとうは、高村とどういう仲なのかな」

「古い友だちさ」

「弁護士が、他人の言い分をあっさり信じるのか？」

「だから、弁護士をやっていられる」

またキドニーが笑った。

気づくと、すぐ後ろを赤いフェラーリが付いてきていた。

16　男と女

知子が、遠山を自分の車に乗せてきた。

私は、まず傷口を調べた。それから抜糸する。麻酔など、必要はなかった。

「指、動かしてみてください」

遠山の口が、への字になった。デスクの上の手は、ほとんど動かない。わずかに、中指が持ちあがっただけだ。

「これから、痛い思いをしますよ」

「手応《てごた》えはある。いままでと違うような気がするな」

「当たり前です」

「つまりは、私がその気になれば、動くということなのかね？」

「リハビリは、俺の愛人にやらせます」

なんの問題もなかった。一週間で、ほぼ自由に動くようになり、ひと月でいくらでも力が加えられるようになるはずだ。

患者もいないので、知子がまた遠山を送っていった。

川中がやってきたのは、二人が出ていってすぐだった。

「怪我でも？」

「キドニーがなにを考えているのか、知りたくてね」

陽焼《ひや》けした顔に、歯の白さが鮮やかだった。やはり人懐っこい表情をしている。

「二人は、犬猿の仲だそうじゃないか？」

「キドニーが、そう言ってるだけだ。わざわざ言わなきゃ、俺を嫌いだということを忘れちまうんだろう」

「なるほど」

「おかしな動きをしてる。いつもなら、皮肉な眼で眺めてるだけの男がね。どうもいやな予感がするんだな。そして、大抵の場合はそれは外れない」

「自殺衝動はないそうだ」

「当たり前だろう。あいつは自殺の遂行中さ。生きてることが、あいつにとってはゆるやかな自殺みたいなものなんだ」

「わかりにくい話だな」

「藤木が世話をしてる男以外にも、ドクが手術した男がいるそうじゃないか？」

川中が煙草に火をつけた。

私は、自分の血圧を測った。いつやっても、理想的とされている数値しか出てこない。子供のころから、不思議なほど病気には無縁だった。

「俺と同じ体質らしいね」

「かなり繊細ではあるがね」

「キドニーも、もともとは俺たちと似たような体質だった。だから、健康な人間を許そうとしない。かといって、病人救済型でもないしな」

川中が、ほんとうはなにを言いたいのか、私にはよくわからなかった。キドニーのことではない、という気がするだけだ。

「キドニーは、他人に心配をかけるタイプの男じゃないぜ。短い付き合いだが、それはよくわかる。なにをやるにも周到だし、自分の安全は絶対守ろうとする男だろう」

私が言う間、川中は黙って視線をむけてきただけだった。どこか深く、暗い視線だった。表面の明るさとは、まるで対照的だ。

「あんたは、素直な男に見えるがね、川中さん」

川中はちょっと歯を見せ、煙草を消した。

「俺に訊《き》きたいことは、ほかにあるんじゃないのかね？」

言いながら、私は煙草に火をつけた。川中が、窓を開けて外に眼をやった。窓から見えるのは、狭い道を隔てたむかい側のビルの壁だけだ。身を乗り出せば、表通りの一部も見える。

「自分の不安が、よくわからん」

言って、川中は患者用の椅子《いす》に腰を降ろした。

「ドクに診《み》て貰った方がよさそうだ」

「ノイローゼの心配はない。皆無だ」

「患者を見放すのかね？」

「症状を、正直に言わない患者はな」

川中の眼に、一瞬だけ鋭い光がよぎった。

「うちの専務の話さ」

「経営診断かね、欲しいのは？」

「藤木という名前だ」

「川中エンタープライズというと、この街では大企業じゃないのか？」

「藤木は、デスクワークを嫌って、『ブラディ・ドール』から動こうとしない。しかし、間違いなく川中エンタープライズの専務なんだ」

藤木が、社長を追い出して、乗っ取りを画策しているという不安でもあるのか。

「やつが、自分の意志でやったことは、いままでいくつもある。自分の意志でしか、ほんとうのところは行動しない男といってもいい。俺のために、何度も死ぬ目に遭ってもいる。俺はそれを、止めもしなかった」

「死んでもいい男ってわけだ、あんたにとっちゃ」

「死んでたよ、この街に来た時は。死のう死のうとして、結局死に損ってばかりいた。自殺未遂の常習者みたいな気がしたもんさ」

「それで」

「何年も、俺のそばにいた。断っておくが、俺は友情なんてもんは、底の浅いもんだと思ってる。ちょっと自分をいい気持にさせるようなもんだとな。ところが、いつの間にか、俺は藤木に友情を持っちまってたらしい」

「御託はもういい。言いたいことを、はっきり言ってくれ」

「やつが、男をひとり匿ってる」

「はじめからわかってるじゃないか、そんなことは」

「自分の意志でやってる、というのとは、少し違うような気がする。といって、誰かに強要されてるわけでもない。要するに、よくわからん。なぜ藤木が、あの男を匿ってるのか、俺にはよくわからん」

二人の間に、なにかありそうだという気は、以前からしていた。人間と人間の間には、なにかある方が当たり前だ。

「患者の症状が、俺にはまだよく摑《つか》めんね」

「つまりだ、やるはずのないことを、藤木がやってる。それが気になるんだ」

「藤木に訊けばいい」

「安易な診断だな。やつが一番避けるのは、俺を巻きこむことだ。坂井にしたところで、なにも知らずに藤木に力を貸してるだけだよ。つまり、俺たちはそんな間柄なんだ」

「俺を訪ねてきた理由がわかった。高村に会わせろと言うんだな。断言するが、高村は喋らんよ。命を落としても、喋りたくないことは喋らんだろう」

「やはりな。そういう男か」

「藤木と高村の間に、なにかあるとは思うがね。貸しや借りとは違う次元のものだ、という気がしてる。ただ俺の勘だが」

「高村は、なぜこの街に？」

「それも知らんのか。寺島という友人がいた。殺されたがね。その友人がやろうとしていたことを、高村がやろうとしてる」

「具体的には？」

「キドニーか叶にでも聞けよ。やつらの方が詳しい」

「わかった。つまりは、その仕事を片づけるまで、高村がこの街を出ていくことはない、ということだな」

「要するに、寺島を嵌めて殺した男に、なんらかのケリをつけるまでだろう」

「診察料は、いくらだね？」

「なにをやるつもりだ、川中さん？」

「俺の出る幕じゃなさそうだ」

「諦《あきら》めのいい男だ」

川中は、また煙草に火をつけた。開け放った窓から、煙は流れ出していく。

「人間には、失いたくないものがあるんだな。それを、久しぶりに思い出した」

「そうかな」

「俺には、昔、それがあったよ。キドニーにもあった」

「それを失った？」

「いまでは、幻のように思えるがね」

まだ長い煙草を消して、川中が腰をあげた。

ひとりになった。待合室には、いつものように患者はいない。

デスクから本を出した。読みかけの本を、いつも一冊抽出《ひきだし》に入れてある。活字が、うまく頭に入ってこなかった。オオヤ。気を失う前に渡辺が言ったことが、頭に浮かんでくる。

いまのところ、それを知っているのは私だけだろう。
秘密として、収《しま》いこもうという気があったわけではなかった。なんでも他人に喋ったりはしない。子供のころから、そういう習慣を身につけていた。

母親のところへ、時々訪れてくる男がいる。大抵は初老に近くなった男だった。その男が、私に金を握らせて、ほかの男が来なかったかどうか訊いたことがあった。首を振った。その後、母親に報告した。報告というより、威《おど》しと言った方がよかっただろう。月に一度くらい、母親よりも歳下《としした》にしか思えない男が、やって来ていたのだ。それで、母親からもなにがしかの金をせしめた。

ほんとうなら、あのころから道を踏みはずしていても、なんの不思議もない。国立大学の医学部に入ったというのも、いま考えれば奇跡のようなものだ。
私を育てるために、いやな男にも躰を開いている。金をせしめる行為とは別に、根深いところで、そういう負い目もあったのかもしれない。

ドアが開いた。知子が戻ってきた。

「画伯の面倒は看てこなかったのか？」

「ひとりで、部屋に閉じこもっちゃいました。自分の手が、精神的な原因で動かないと、遠山先生は思いこもうとしてたんです。でも、動くかもしれないという気になった。部屋で、ひとりで訓練をやるつもりなんですわ」

「やりすぎるのはよくない」

「一時間が限度だ、と伝えておきました。それ以上は逆効果だって」

「どういう関係なんだ、知子とは？」

名前を呼び捨てにした。酒場の女を相手にする時は、会った夜からやることだ。

「あたしの叔父が、ヨットハーバーの管理人をやってます。そこに、遠山先生がよくお見えになって」

「川中さんのところのか？」

「いいえ。そのさきにある、寂れたヨットハーバーですよ。遠山先生が岬の崖《がけ》を登った時、そこまで船で連れていったのが、叔父だったんです」

「関係は、なんとなくわかった。君は、その叔父さんが好きだってわけだ」

「やくざ者とくっついている時も、その叔父だけが認めてくれました。親戚《しんせき》じゅうで鼻つまみだったのに」

「死んだ、と言ったね、彼は」

「あたしは、崩れていこうとしている男に、魅《ひ》かれるみたいなんです。いままで好きになった、二人の男はそうでした」

「俺も、崩れていこうとしてるのかね？」

「多分。一流の腕を持った外科医なのに」

「崩れるってのは、どういうことなんだ？」

「わかりません。ただ見えるんです、あたしには。砂糖菓子みたいに、男が崩れていく姿が」

　患者が来たようだが、放っておいた。立ちあがり、知子の肩に手をやって引き寄せようとした。手が払いのけられる。

「男を崩れさせて、死なせたり駄目にしたりする。そんなことに快感を覚えるタイプか、君は」

「わかりません。好きな男が、最後はそうなってたってだけの話です」

「今夜、君を抱きたいな」

「今夜？」

「いますぐ、この診察台の上でもいいが」

「冗談、やめてください」

「今夜というのは、冗談じゃない」

「どこで？」

「俺の部屋」

「あたしを抱いた男は、大抵駄目になるわ」

「俺は、崩れてしまいたいタイプだ。君にも手伝って貰いたいね」

「崩れてしまいたいって？」

「心の底に、そんな欲求があるような気がする」

「やっぱり、そうですか」

「そうさ」

「今夜ですね」

「俺の部屋で」

知子が、待合室に声をかけた。

入ってきたのは、腰痛を訴えて何度も通ってきている老婆だった。

17 侍

知子の躰は、私にぴったりと合った。

女を抱く時、いい女かどうかということは、あまり気にしない。私に合うか合わないか。合えば、いい女ということなのだ。

ほかに私が求める刺激は、他愛ないものばかりだった。たとえば、田舎臭くて、一応はなんでも心得た顔を装っている女が、私の前でふるえながら衣服を剝《は》ぎ取られていく。汚すような気分で、その女を抱く。その程度のものだ。女が、ほんとうは男に汚されたりはしないことを、私は母親を見てよく知っている。

「煙草、喫《す》っていい？」

「ほう、前には？」

「一年間の、禁煙を破ることになるわ」

知子の肌は、まだ汗にまみれていた。反応が、それほど大袈裟《おおげさ》な女ではない。それも、私には合っていた。

「つまんないもんね」

「なにが？」

「男と女」

「そう思っても、磁石のプラスとマイナスみたいに引き合う。人間の愚かさってやつか。それとも、純粋さってやつか」

「女漁《あさ》りに憂身《うきみ》をやつしてるだけあって、喜ばせ方はいろいろ心得てるわね」

「こんなんじゃ、まだ不満だろう」

「やくざ者のやり方というのは、すごいものよ。それで、自分に引きつけておこうと考えるんだから」

「まあ、俺はこの程度で御勘弁願いたいね」

クーラーを全開にしても、部屋は熱気に溢《あふ》れていた。汗が、体温を奪いながら蒸発していく。私は、知子の煙草に手をのばして、一服だけ喫った。

「傷を舐《な》め合ったってとこかな」

「傷なんか、あるの？　恰好をつけたこと言わないで」

「これからも、週に一度くらいは、おまえの躰を求めるだろうな。飽きるまで」

「ほかの六日間は？」

「三日は、別の相手。残りの三日は、休養ってやつだ」

「理想的なパターンじゃない」

「俺の歳になると、これでもつらくてね」

「不思議ね」

「なにが？」

「自分のものにしようという考えが、あまりないところ」

「女は、そんな代物じゃない」

「かもね」

知子が煙草を消した。

ベッドを出て、バスルームに入っていく。ようやく、私は躰をのばすことができた。私のベッドは、二人で寝るには小さすぎる。

眠っていた。知子が帰るのも、なんとなく気配で知っただけだ。

電話で起こされた。

「繁盛するぜ、ドク。怪我人が続出してる」

「探偵さんか。今夜は眠りたいな」

「ひとを当てにさせてから、つれないことをする。酒場女の手口だぜ」

「どこを、どんなふうにやられた？」

「腕を、刃物で切り裂かれている。坂井だ。半端な相手にやられる男じゃないんだが」

「そうなのか？」

「何人かは、手にかけた男さ。相手はひとりだったと言ってる。かなりの腕利きがいるってことだろう」

私はふと、寺島の手首の傷のことを思い出した。何人もで押さえつけて、手首を切り裂いた。そう考えていたが、相手が複数なら、逃げることもできなかっただろう。一対一なら、なんとかその場を逃れることはできたかもしれない。おまけに、寺島の傷は右手首にあった。複数なら、左手を押さえることも可能だったはずだ。

「来るのか、来ないのか、ドク？」

「場所は？」

私は時計に眼をやった。午前三時を回ったところだ。

「ヨットハーバー。ホテル・キーラーゴの前じゃなく、それからさらに四キロほど海沿いを走ったところだ」

「三十分でいけるんじゃないかと思う。止血は？」

「処置だけはしてある。蒲生の爺《じい》さんがやったことだがね」

受話器を置き、私はTシャツに首を通した。一応は、スーツケースごと持っていった方がよさそうだ。

ブルーバードの後部座席に放りこんだ。街中を抜けた。海沿いの道に出る。付いてくる車がいた。抜かれないことだけを、私は考えた。あちらへ着けば、叶がなんとでもするだろう。

コーナーの多い道だ。対向車はほとんどない。アウト・イン・アウト。道幅をいっぱいに使って走った。それでも、私のブルーバードはようやく百二十キロほどで走るだけだ。すぐ後ろに、ヘッドライトが迫ってくる。ただ、どれほど速い車でも、こうコーナーが多いと抜くのは難しそうだ。

前方の道を、マイクロバスが塞《ふさ》いでいた。かわしようがない。ブレーキを踏んだ。ホテル・キーラーゴの出入口のところだ。ホテル・キーラーゴへは、入ることができる。ヘッドライトの中で、人が手を振っていた。秋山。間違いはなさそうだ。

停めた。

「蒲生さんのマリーナまで、私が送りましょう」

「しかし」

「叶から電話がありましてね。面倒な連中が追いかけてくるかもしれないと」

少し離れたところに、追ってきた車はうずくまっている。

「とにかく、車寄せに入れてください。私の車と乗り換えましょう」

頷き、ホテル・キーラーゴに車を入れた。後ろの車も、そのまま付いてくる。

「入ってください」

スーツケースを抱えて、私はブルーバードを降り、ロビーを横切って社長室らしいところに入った。用意でもしてあったのか、秋山はすぐに私にコーヒーを出した。

「いまバスをどかせたところですがね。追ってきたのは、警察の連中のようですね」

「ひどく煽《あお》ってきましたが」

「夜中のこの道路じゃ、尾行《つけ》るのは不可能に近い。逆に煽って、急がせたんでしょう。いま、私が追い返してきます」

秋山は、淡いブルーのポロシャツに白いズボンを穿《は》いていた。素足にデッキシューズというのが、いかにもマイアミふうで洒落《しゃれ》ている。秋山が戻ってくるまで、私はコーヒーを啜《すす》りながら待った。

五分ほどで、秋山は戻ってきた。すぐに、ホテルの裏口に回してあった秋山のボルボに乗りこんだ。

「東京の刑事のようですね。こんな時間に、なぜバスを動かすのかと、しつこく訊いてきました。早朝出発の団体が入ってると答えておきましたよ」

「俺のことでしょう、やつらがほんとうに訊きたかったのは」

「お客様で怪我をした方が出たんで、往診していただいた、ということになってます」

「なぜ、秋山さんが？」

「川中も藤木もキドニーも、そして坂井や叶も、みんな友だちでしてね。私がなにか頼むこともあるし、彼らが頼んでくることもある。火曜と水曜は、ホテルに泊ることにしてます。夜間の状態に眼を配るのも、仕事のうちですからね。そのことを知ってて、叶は私に電話してきたんでしょう」

「しかし、なぜマリーナなんだ」

「さあ。私は、ドクターを安全に連れてきてくれと頼まれただけでね」

「事情は、なにも知らないんですか？」

「頼まれればやる。それで充分でしょう」

「おかしな人たちだ。ひとりとして、まともじゃない。言っちゃ悪いが」

「私も、そう思ってます」

秋山の口調は、ホテルマンらしく、どこまでも丁寧だった。

「遠山先生の手術、うまく行ったようですね」

「ほぼ、元通りに動くようになるでしょう」

「うちの顧問医をお願いしておくかな、ドクターに。なに、定期的な仕事なんてありませんよ。お客様のアクシデントの、応急処置程度のものです」

かなりスピードをあげていたが、秋山の運転に危険は感じなかった。前方に、ぼんやりした明りが見えてきた。秋山は、短くクラクションを鳴らした。

坂井は、失血で蒼白《そうはく》な顔をしていた。二の腕に、細紐《ほそひも》がきつく巻きつけてある。

「日本刀ででもやられたか？」

「脇差《わきざし》ほどの長さはありましたよ。一時間ばかり前です」

すぐ、手術にかかった。止血鉗子《かんし》を三本使った。まったく、このところ止血鉗子がよく働く。

傷は、骨にまで達していた。骨の損傷もあるが、放っておいても回復するだろう。骨折のようなものだ。筋肉が、横にタチ割られている。その方が面倒だった。切れた筋は、一応繋《つな》がなければならない。

麻酔が効いてきた。私は、手早くピンセットと針を使った。坂井の表情は、ほとんど変らない。筋を繋ぎ、血管も繋いだ。皮膚を縫合し、繃帯《ほうたい》を巻いて終りだった。一時間ほどの手術だった。

「遠山画伯と同じ状態だな。ただ、止血して二時間は経《た》ってる。腕の細胞は相当弱っているからな」

手を洗い、私は煙草をくわえた。

手術をしたのは建物の入口の土間のところで、奥の部屋に高村がいることに、私ははじめて気づいた。世話をしていた少女もいる。

「どういう理由で、引越したんだ？」

「あの別荘が、どうも割れたらしくて。動かしちゃ、危《やば》かったですか？」

「めしも食えるようになったんだ。まあ、大丈夫だろう。おまえの出血の方が、いまはひどい。下手をすると、腕を切り落とさなきゃならないとこだったぜ」

「先生の腕は、信頼してますよ」

老人がいた。つまらなそうな表情で、シガリロの煙を吐いている。

「街道に出るところです。車が停まってましてね。道を訊いてきたんです。充分すぎるぐらい、俺は要心してましたよ。抜き打ちってやつだな。痛みもなにもなかった。高村さんが、車の窓から拳銃《チャカ》出して、地面に一発ぶっ放したんです。角度からいって、相手を狙《ねら》えなかった。俺の背中が邪魔してなきゃ、いまごろそいつを締めあげていられたんだけど」

「殺し屋の旦那《だんな》は、居合わせなかったのか？」

「電話で呼ばれた。いざという時、高村を守る人間が必要だからな。坂井は、ここまで片手で運転してきたらしいぜ」

「細紐の止血は、蒲生さんだね？」

「俺を知ってんのかい？」

ようやく、老人が錆《さ》びた声を出した。

「知子から聞いてますよ」

「なるほど、あの医者ってのが、あんたか」

頷いたきり、蒲生はそれ以上喋ろうとはしなかった。

「藤木はどうしたんだ？」

秋山が言った。店はもう終っているはずだ。

「やることがあるんですよ。そう言ってました。藤木さんの車に電話を入れたけど、繋がらなかった。高村さんはまだあの別荘だ、と思ってんじゃないかな」

私は、一応高村の傷を点検した。まだひきつった感じはあるだろう。それだけで、ほかに問題はなかった。普通に動けるまで、あと三、四日というところだろう。もっとも、大病院では、あと二週間と言うはずだ。

「これは俺の勘だがね」

私は高村にむかって言った。

「同じ傷だな、寺島と」

高村の眼が、一瞬射るように私にむけられてきた。スプリングの出かかったソファに腰を降ろしていた坂井も、顔だけ部屋の方へむけてくる。

「切り口を見て、そんな気がした。同じ刃物だってな。切り方も、よく似ている。なにかこう、勢いをつけて切ったような感じで」

「抜き打ちだよ。来るなっていう殺気は、寸前までわからない。来たと思った時は、もうかわせない。腕でブロックするのが精一杯でしたから」

「侍みたいなやつだね、きっと」

「抜いたあとは、なんとかなりそうだって感じはありましたよ。最初の一撃だけが、恐ろしく速いし、力もある」

「寺島も、そう簡単にやられる男じゃないはずなんですよ、先生」

「狙って切られた、というのが納得できるような傷だった。自殺しようとした、とは俺は傷を見た瞬間から思わなかったけどね」

「東京から、二人を殺しに来た五人がいる。美竜会もいる。それとは別に、侍野郎《さむらいやろう》がいるわけだ。五人は別として、美竜会は侍野郎とその背後の人間に、かなり関心を持ってるな」

　叶が言った。退屈そうな顔をしているのは、蒲生だけだった。二本目の、シガリロに火をつけている。ダビドフの箱だった。

「今夜は、これくらいにしておこうか」

秋山が、窓の外に眼をむけて言った。空は白みはじめているようだ。

「知子とは、もうやったのか？」

別れ際、薄生が私の耳もとで言った。

「さっきね。終らせてから、ここへ駆けつけてきた」

「ジャジャ馬だ。おまえさんに乗りこなせるかな」

私が言ったことを、蒲生は冗談だととったようだった。私の脇腹を拳《こぶし》で小突いて、酒臭い息を吐きながら笑った。

18　夢

理紗は、痩せた、眼の大きな女だった。

私がカウンターのスツールに腰を降ろすと、なにも言わずそばについたのだ。この間の坂井との話を藤木が聞いていて、そうさせたのだろう。

「長いのか、この店？」

「半年ぐらいです」

いくらか緊張したような答えだった。

女を前にした時のいつもの軽口を、私も叩かなかった。カウンターの中には、中年のバーテンがいる。坂井がシェーカーを振れるようになるまで、十日はかかるだろう。川中エンタープライズは、何軒もの酒場を持っているという話だった。バーテンがひとり欠けても、ほかの店から回せるに違いない。

「この街の生まれか？」

「焼津《やいづ》で生まれました。一年前まで、焼津にいたんですよ」

「またこの街からよそへ流れていく。俺と付き合わないか？」

「どこにも行きません、あたし」

「俺の話さ」

笑うと、理紗は困ったような表情をした。男がいる。もしかすると、結婚してこの街へやってきたのかもしれない。なんとなく、それがわかった。

もともと、大した関心を抱いていたわけではない。

沢村というピアニストの演奏がはじまった。理紗はほっとしたようだった。私がくわえた煙草に、それだけが仕事のような感じでマッチの火を差し出してくる。

やはり、古いジャズをやっていた。生でピアノを聴いていると、わからないまでも、なんとなく惹《ひ》きつけられる。

後ろから、肩を叩かれた。川中が立っていた。理紗は、社長の姿を見てびっくりしたようだった。慌てて立ちあがろうとするのを、川中が止めた。

「いい曲だ」

「そうかね」

「ピアノも、俺が捜してきたやつでね。あのピアノで、沢村明敏を釣ったんだ。年代物というだけじゃない。有名なピアニストが、何人もあれで演奏している」

「音楽は、よくわからん」

「恋路の邪魔かな？」

「いや。睡眠が足りなくてね。女の子を口説《くど》く気力も出てこない」

川中は、なにも飲もうとしなかった。坂井のシェイクしたドライ・マティニーだけが、この店での飲物なのか。

四曲で、沢村は奥へ引っこんだ。

「気紛れなところが、またいい」

「経営者がそう言うと、言い訳がましく聞えるな」

「客の反応が、敏感にわかる人なんだ。二十八曲、続けて弾いたこともあった」

理紗は両手を膝《ひざ》に置いて、じっとうつむいている。面接でも受けに来たという感じだ。

二杯で、私は腰をあげた。

「付き合ってくれないか、ドクター？」

「眠りたいんだ」

「夜中までとは言わないさ。坂井が世話になった礼をしたい」

頷いた。まだ宵《よい》の口だ。

川中の黒いポルシェが待っていた。

連れていかれたのは、港のそばの安直な一杯呑屋《のみや》だった。女を漁るために、私も入ったことがある店だ。カウンターの中の女が、おや、という顔をする。若い女がいなかったので、二、三杯で出てしまった店だが、私の顔を憶《おぼ》えていたようだ。

「お知り合い？」

「年来《ねんらい》の友ってやつだ。医者でね」

「お医者様だったの」

「なんだ、来たことがあるのか、ドク？」

「一度だけな。それも三か月も前だ」

「憶えてますよ、よく。この店、地元の人しか来ませんから」

水割りを注文した。川中は、煮た魚を頼んだ。

「全部、報告は受けてる。手術費に、いくら払えばいい？」

「露骨な訊き方だね。金はいらんよ」

「しかしな」

「人体実験さ。遠山画伯の時もそうだった」

「回りくどい言い方が嫌いでね。無料というなら、そうさせて貰う」

いやな言い方ではなかった。『ブラディ・ドール』のオーナーが、こんな店に私を連れてくるというのも、面白かった。

「かなりの騒動になりそうかね？」

「まだ、屍体《したい》はひとつも転がってない」

「死んじまえば、俺は仕事にならん。もっとも、東京で殺されたやつはいるがね」

カウンターの端にいた、三人の客が大声をあげた。テレビで野球中継をやっている。

出された煮魚を、川中は器用に平らげた。箸《はし》の使い方は、外科医にでもなれそうだった。

骨だけになった皿を女に返し、次は豚の足の煮込みを頼んだ。

「よく食うね」

「四十になっても、昔の癖が抜けん」

「食いながら飲むってのは、悪いことじゃない」

「結婚は、ドクター？」

「したことはない」

「面白いものが、なにかあるかね」

「女だな」

「あれは、面白いとは言わんよ」

「俺は面白い。自分を抑えきれなくて、いつも困っているが」

「錯覚してるだけさ」

川中は、オン・ザ・ロックを飲んでいた。カウンターの端から、また声があがる。港湾労働者たちの溜《たま》り場になっている店だ。三人とも、コップで日本酒をやっている。女は、時々こちらのグラスに眼をやるだけで、三人と一緒にテレビを覗《のぞ》きこんでいた。

「女は、面白いぜ」

「惚《ほ》れたことがないな、ドクター」

「そうかもしれん」

「面白いと、自分に思いこませようとしている。俺はそう思う」

「川中さんの面白いものは？」

「ないね」

「生きてるのがつらくなるじゃないか、それじゃ」

「反対さ。面白いものが、面白くなくなってくる。それで生きてることまで面白くなくなってくる。つらいんじゃないんだ。そんなもんだろう、と俺は思ってるよ」

豚足も、川中はあっという間に平らげた。それ以上、さすがに食おうとはしない。オン・ザ・ロックを三杯ほど重ねただけだ。

「藤木が、辞表を出してきた」

「店がつまらないんだろう」

「あり得ないことだ。ひとつの場合を除いてな」

そのひとつがなんなのか、川中は言わなかった。私も訊きはしなかった。

「受理はしなかったよ」

「その気になった男を、止めるのは無理なんじゃないか？」

「そう思うか？」

「藤木という男を、俺はよく知らない。高村の手術で、平然として助手をやった。普通の人間にできることじゃないんだが」

「他人の血を流して生きていた。そんな時期が、あいつにもあったのさ」

「それが、辞表か」

「俺がジタバタするのは、めずらしいことなんだがね」

ホームランが出たようだ。女が嬌声《きょうせい》をあげる。盛んに野球選手の名前を口にしているが、私は知らなかった。幼いころから、スポーツに関心を持ったことはない。

「高村という男、一度会ってみたいな」

「なにも訊き出せないと思う」

「会うだけでいいのさ」

「坂井が面倒を看てる。その気になれば、いつでも会えるじゃないか」

壁の汚れにむいた川中の眼が、びっくりするほど暗かった。

「送ってくれないか、川中さん。このあたりでタクシーを拾おうとして、散々苦労したことがある」

「なんの礼にもならなかったな」

「いいさ、そんなことは」

野球中継を背中で聞きながら、外へ出た。川中の車を覗きこんでいた男が、弾《はじ》かれたように跳び退《すさ》った。

「車が好きか、おい？」

若い男だった。とても手の届かない車を、覗くだけ覗こうと思っていたのかもしれない。跳び退ったままの姿勢で、男は大きく頷いた。

「速すぎるな、こいつは。運転していて、いつもそう思うよ」

「でも、恰好いいです」

両側から、私たちは乗りこんだ。エンジン音があがる。

「トラックを運転していた。俺のこの街でのはじまりは、運送屋さ。トラック一台だけのね」

「出世物語にでもなりそうな話だ」

「だんだんと、速い車にした。どこかへ早いとこ行き着きたいという気分だったのかな。

これ以上に速い車は、ほとんどなくなっちまったよ」

躰に加速がかかってきた。

川中の運転は、坂井とまた違った。ギアチェンジをしても、ほとんど変速ショックはない。うまく回転を合わせているようだ。

「俺は、車に関心がないんだよ。走ればいいと思っている」

「君の女と同じさ。面白いかもしれない、と思いこもうとしているだけだ」

「言われれば、そうかもしれん」

「ひとつ訊いていいか、ドクター？」

「ああ」

「死のうと思ってる人間の手術ってのは、難しいものかね？」

「程度によるが、内臓まで開く手術だと、助けられないな。ほとんど、助けるのは無理だと思う」

「やっぱりな」

「死が魅惑的だ。そう思う瞬間というのは、あるらしい。ただそれは、すぐに生きたいと思う本能に乗り越えられる。ほんとうに死のうと思っている人間なんて、そんなにいるもんじゃない。自殺しようとした人間でも、その瞬間に死にきれなかったら、もう死は恐怖の対象でしかなくなるんだ」

「手術ってのは、経験がなくてね」

「そのうち、俺がどこか切り取ってやろう」

川中が切り取られたいのは、内臓ではなく、心というやつかもしれない。キドニーもそうだ。

すぐに、私のマンションに到着した。

「ゆっくり眠れるかな、今夜は」

「いい夢を、ドクター」

「夢ね」

「夢さ」

川中が笑った。私はポルシェが走り去るのを、玄関に立って眺めていた。

19 屍体《したい》

私にも感じられるほど、街が騒がしくなった。

なにが起こったのか、あまり気にしないことにした。パトカーや救急車のサイレン。それが四つ五つと重なる日も、ないわけではないだろう。

めずらしく、待合室には患者が三人いる。私がこの病院を開業して、三人が待っていたというのははじめてのことだ。

一番目の患者は、首に大きな腫《は》れ物を作っていた。切開を望んだが、膿道《のうどう》はすでにできている。熟れきった果実といったところだ。ガーゼを当て、弾みをつけて指で圧力をかけた。指さきに、肉が陥没していくような感覚が確かにあった。患者は呻《うめ》きをあげたが、それですべてが終りだった。

二番目と三番目は、骨折と切り傷だった。

「なかなかのものですわ。特にあの癰《よう》のクランケの処置なんか。市立病院だったら、完全に切開してます」

「嬉《うれ》しいね。ほめてくれるのか」

「遠山先生のリハビリも、順調に進むと思いますわ」

私の病院に、内臓の不調を訴えてくる患者は、ほとんどいなかった。待つ時間が少なくて済むので、ちょっとした怪我の患者が、念のための消毒のつもりで来る場合が多いようだった。

「ここに横になって、躰を開く度胸はあるかな」

診察台を、私は指さした。

「けものは、嫌いじゃないんです」

「ほう」

「獲物を狙ってる時のけものはですわ。盛りのついたけものは、ちょっとばかりものがなしい感じがするだけです」

「性欲が抑えきれなくて、苦しい思いをすることが、時々ある」

「それが、ほんとの欲求だったら、あたしは乗り殺されてもかまいませんわ」

「ほんとうの欲求ではない、と君は見ているわけか」

口調は、医者と看護婦のものになっていた。話の内容とそぐわないところに、微妙な滑《こっ》稽《けい》さがある。

「君の男だったやくざ者は、どんなふうにして死んだんだね？」

「切り刻まれて、最後は海に放りこまれたみたいです」

「抗争かね？」

「つまらない喧嘩《けんか》ですよ。面子《メンツ》を潰《つぶ》したとか潰さないとか」

「棒に振ったわけだ、命を」

「似てますよ、先生。かたちは違うけど」

「俺も、人生を棒に振っているタイプか」

答えず、知子は薬局の方に消えていった。

新しい患者が来そうな気もしなかった。私はデスクに両足を載せ、昼寝をはじめた。

自分の精神分析をしようという気はなかった。私は、間違いなくどこか歪《ゆが》んでいる。肝《かん》腎《じん》な時、肝腎なものに関心を持とうともしない。それは結果で、なぜそうなったか分析することに、大した意味は認めなかった。決して変えることのできないものとして、人間は過去というものを持ってしまうのだ。

　怪我人が、運びこまれてきた。

「やあ」

　顔を合わせて、私は言った。相手もほほえみを返してくる。東京からやって来た刑事の、若い方だった。

「ここへ運べ、と俺が言いましてね」

「怪我をすると、多少は礼儀正しくなるものか」

「はじめから、ほんとはこうなんです。先生には、どこか強く押した方が効果がありそうな気がしましてね。刑事も、最近じゃ芝居をしますよ。逆効果だったようだけど」

　鎖骨の下を刺されていた。見たかぎりでは、肺にまで達してはいない。

「縫うだけで済むな、これは」

「簡単な傷だから、ここへ運ばせたってわけじゃありませんよ」

「こんな傷でも、ショックで死ぬやつもいる。怖《こわ》いものさ、ショックってやつは。ところが、鈍感なやつになると、平気で歩き回っている」

「ここのところ、かなりの数の怪我人が出たんじゃありませんか。ところが、こっちで摑んだのは、静岡の病院で手当てを受けた二人だけでしてね。もっと重傷のやつもいたはずなのに」

「俺からは、なにも引き出せないぜ」

「わかってますよ。ただ、先生がなぜそんなに頑固になっちまってんだろうと思って」

私は、刑事の肩の傷を確認した。思った通り、刃物のさきは肋骨《ろっこつ》で止まったようだ。消毒と縫合で、あとは二、三日動かさなければいい。

「荒っぽいな。麻酔はなしですか」

縫いはじめた私にむかって、刑事が言った。言っている間に、縫い終った。

「やっと、待っていたことがはじまりましてね」

知子が、素速く傷口のテーピングをする。血の染みが拡《ひろ》がったシャツを、刑事は平気で着こんだ。ズボンにも、赤黒い斑点《はんてん》がいくつか付いている。

「野村って男が、美竜会と連絡をとりはじめたんですよ。それがなぜか、東京からやって来てる連中にも、わかっちまった。野村は、ただ殺《け》せばいい男なんです。それを美竜会が取り合おうとしたもんだから、いきなり喧嘩がはじまりましてね」

私は煙草をくわえた。

カルテに簡単に症状と処置を書きこみ、名前や住所や保険証番号は、知子に任せた。

「東京から五人来てたけど、さらに五人応援が来ましてね。これで、あの会社の大部分はこの街に集まっちまった。あの会社ってのは、寺島や渡辺や野村も、二か月前までいた会社ですよ。総勢で三十人ぐらいだった。いまは十二、三人に減ってますがね」

「治療は、もう終ったよ」

「野村ってのは、一本気な男でしてね。下手な小細工なんかやるタイプじゃない。つまり、美竜会に接触したのは、そうしろとそそのかした人間がいたということでね。その人間が、東京から来た連中にも洩《も》らしたとしたら、今朝からの混乱に説明がつくんだな。仲間割れをさせようとした人間がいるんですよ」

「治療は終った、と言ってるだろう」

「両方が潰し合う。すると、いままで背後にいて見えなかったやつが、見えてくる」

刑事が腰をあげた。

なぜ私にそれを伝えに来たのか、よく読めなかった。この程度の怪我で、私の病院を指定したというのは、そのためとしか考えられない。

「本庁の警部は、いまが我慢のしどころだと思ってます」

警察も、まだ姿が見えない、背後にいる人間を狙っている、と言っているのだろう。

「俺は、どこかで先生が重要な役割を果すだろうと、思ってんです。勘ですがね」

「はじめから、そういう勘に動かされてたのか、君は？」

「若いくせに、タイプは古いとよく言われます」

ちょっと笑って、刑事は出ていった。

昼食にちょうどいい時間になっている。メニューのローテーションを頭に浮かべ、私はハンバーグステーキを註文した。

キドニーから電話が入ったのは、午後二時を回ったころだった。

「蒲生の爺さんが、やられた。すぐ来てくれないか」

私は椅子から立ちあがった。怪我の状態を聞いたかぎりでは、すぐに救急病院に運ぶべきだった。蒲生が、それをいやがっているという。

「動かすなよ。とにかく動かさないでくれ」

電話を切ると、すぐに知子と飛び出した。部屋へ寄って手術器具が入ったスーツケースを後部座席に放りこみ、海岸通りに出てスピードをあげた。対向車は多い。合間を縫って、追い越しをかける。

二十分で、マリーナに着いた。救急車を呼んで病院に運ぶより、ずっと時間は早かったはずだ。

蒲生は、ソファに横たわっていた。

駄目だということが、見た瞬間にわかった。腹を滅多突きにされている。それも抉《えぐ》るような刺し方だ。強心剤を打ってみるしか、できることはなかった。

眼を開けた蒲生が、私たちを見回して、ちょっと笑った。それが最期だった。

「美竜会のチンピラだった。ここへ逃げこんで、船を奪おうとして、蒲生の爺さんに止められた。刺した本人も、自分がなにをやったかわかっちゃいないだろう」

「そいつは？」

「叶が追っていったよ。俺たちは、あそこの船の上にいた。ボートでなけりゃ渡れない。そこに高村と坂井がいた。船に燃料は入れてある。坂井はこのあたりの海を知り尽している。逃げなきゃならない場合は、船の方がずっと安全だった」

防波堤の内側の、浮標《ブイ》に繋いであるクルーザーだった。船体には錆《さび》が出て、赤茶けた色に見える。

「あのクルーザーに、高村がいることなんか、チンピラは知らなかっただろう。蒲生の爺さんが、なんで躰を張って止めようとしたのかもわからん。チンピラひとり来たところで、船には男が四人もいた。高村は、拳銃《けんじゅう》まで持ってた」

「いまも、船の上か？」

「爺さんの怪我は、大したことはない、と言ってある。ドクも来てくれるってな。追ってきた方は、チンピラが爺さんを刺すのを見て、逃げちまったよ」

知子が、蒲生のそばに屈《かが》みこんでいた。刺されてすぐ、大病院に運べたとしても、助かりはしなかった。それは、知子にもわかるだろう。

「とりあえず、警察に届けるしかない。その前に、クルーザーは川中のヨットハーバーへ移動させようと思う」

事務的な口調で、キドニーが言った。

川中のポルシェが飛びこんできた。

川中は蒲生の屍体にちょっと眼をくれ、キドニーと私を見較《みくら》べた。死んだことまでは、知らなかったようだ。

「叶から、車に電話が入った」

短く、それだけ言って、川中は岸壁の方へ歩いていった。私も、川中に続いて建物の外に出た。蒲生という老人については、ほとんどなにも知らない。だから、屍体はただ屍体だった。

「このヨットハーバーは、船を出すのが面倒でね」

私に煙草を勧めながら、川中が言った。私は、転がったドラム缶に腰を降ろした。燃料タンクも、本格的なやつはないらしい。

「出てちょっと行ったところに、暗礁がある。それをかわせないで、乗りあげちまった船もあるよ」

「ホテル・キーラーゴの前のヨットハーバーは、川中エンタープライズの経営だな」

「安全なところに、自分で造った。俺も船を持っているからね」

「ホテル・キーラーゴにも、クルージング・サービスがあるようだな」

「土崎《つちざき》という船長がいる。蒲生の爺さんとは、碁敵《ごがたき》みたいなもんでね。お互いに、認め合ってもいた。土崎が、一番ショックを受けるだろうな」

クルーザーから、坂井がボートに乗り移るのが見えた。私と川中の姿が気になったのかもしれない。オールを櫓《ろ》のように片手で操って、器用にボートを進めてきた。

「うちのハーバーへ行け、坂井。蒲生の爺さんは死んだ」

坂井はボートを返そうとはせず、器用に舫《もや》いを投げると、岸壁に跳び移ってきた。黙って建物の中に入っていく。

「ここもなくなるな、爺さんが死んだんじゃ。みんな、なぜかここが好きだったよ。寂れたたたずまいってやつが、なにかを思い出させたのかもしれん」

屍体がただの屍体であるように、私には古い建物は古い建物にすぎなかった。

坂井が出てきて、黙ってボートに乗りこんだ。うつむいたまま、一本のオールを器用に操って、ボートのむきを変えた。

「なぜ、爺さんが躰を張るような真似《まね》をしたのかわからん、とキドニーが言ってた」

川中はなにも言わなかった。私はドラム缶から腰をあげ、岸壁の縁に立って、短くなった煙草を海に捨てた。

20　コーヒー

叶はつかまらなかった。川中の電話番号は知らない。

私は歩いて、キドニーの事務所まで行った。

ノックすると、女の子が出てきた。キドニーが戻ってくる時間は、三時だという。名前を告げて、待たせて貰《もら》うことにした。

きちんと整理された事務所だ。大きな木製のデスクの上には、埃《ほこり》ひとつ見つからなかった。書類棚のファイルも、番号順に並べられている。出されたコーヒーだけが、口もつけられないような代物だった。

十三分待った。三時きっかりに、キドニーは戻ってきた。

「今日は、表面的には静かになってるな。お互いに構え合って、不意討ちなんてのはできなくなってるんだろう」

キドニーは、すっきりした表情をしていた。テーブルの冷えたコーヒーを見て、かすかな笑いを洩《も》らす。

女の子が、留守中の電話の報告をはじめた。ひとつひとつに、キドニーは短く指示を出した。進行中の裁判もいくつか抱えているらしい。

「頭の中がクリアーでね」

「透析は、三日に一度かね？」

「受けた日は、非常に好調だね。スポーツもできるんじゃないか、と思うくらいだ」

「うちの看護婦が、無断欠勤をしてる」

「それで、俺のところか。残念だが、誘惑するほどの魅力は、彼女に感じちゃいない」

「殺し屋の旦那《だんな》はつかまらない。川中さんの電話番号は知らない。ホテル・キーラーゴじゃ、遠山画伯がひとりでリハビリに励んでいた」

「心配してるのか？」

パイプに葉を詰めながら、キドニーが皮肉な視線を投げてきた。

「勤めはじめてから、無断欠勤は一度もない。蒲生さんのことがあるから、どうせ休みをやろうとは思ってたんだが」

「爺《じい》さんの屍体《したい》は、今日返されるはずだ。解剖は終っただろうしな」

「そっちの方は、誰が？」

「土崎さ。海の仲間ってやつだ。返されたら、マリーナに運ばれるはずだぜ」

「今夜が通夜か」

「彼女、そこには現われるだろう。なにを心配してんだ？」

「わからん。なんとなく気になって」

「いい兆候だ。健康なもんだよ」

キドニーの口調には、やはり皮肉の棘《とげ》があった。部屋の中に、パイプ煙草《たばこ》の香りが満ち溢《あふ》れはじめる。

きのうは、警察署を出たところで、知子と別れた。簡単な証言をしただけで、用は済んだ。送ると言った私に、知子はただ笑って首を振った。それから、ずっと連絡はとれていない。

「なにかやる気なんじゃないか、と思ってるんだ」

「なにかって？」

「無茶なことさ」

「それの手助けでもしようって考えてるな。それも無茶なことだぜ」

「俺は、最初から船に乗ってたような気分だよ。寺島の手術をしてやった時から」

「忠告したろう。背をむければ、むこうからトラブルは寄ってくるって。おまえはずっと、背をむけていた。まるで、そうするのが習慣になってるって感じだったよ」

私は煙草に火をつけた。コーヒーに口をつける気にはならなかった。苦すぎると言えば、キドニーは気障《きざ》な科白《せりふ》を返してくるだろう。人生が焙煎《ばいせん》されている。そんな科白は、いまは聞きたくなかった。

「みんなどうしてる？」

「さあな。蒲生の爺さんが死んだことを、心の底では気にしてるだろう」

「おまえは、キドニー？」

「人は死ぬ。それだけのことだ」

「蒲生さんとは、親しくなかったのか？」

「そう見えるか？」

「わからんよ」

「よく、マリーナへは行った。俺は岬のむこう側に土地を持っていて、そこへ一度爺さんを連れていったことがある。魚が釣れるかどうか見て貰ったのさ。船は駄目なんだ。小さなやつなら釣れる、と爺さんは保証してくれた。とっておきの仕掛けを、そのうち教えてくれることになってたよ」

「皮肉を言ったわけじゃないんだ、キドニー」

「わかってるさ。ただ、人は死ぬ。それがたまたま爺さんだった。そう思う俺の考えは、変らないね」

　自分がほんとうに心配しているのかどうか、私にはよくわからなかった。心配しているとしたら、なぜなのか。

　電話が鳴った。女の子が自分の席で取り、キドニーのデスクに回した。短いやり取りだった。

「美竜会が、手入れを受けたそうだ。叶からだがね。顧問弁護士として、俺に出動を要請してくるだろう」

受話器を置いても、キドニーは濃い煙を吐き続けていた。

「野村の傷、どうかね?」

「大崎女史のところが、居心地がいいらしい。もう、バーベルも持ちあげられそうだ、と言ってた。おまえには、感謝してるだろう」

「野村に、美竜会と接触させたのは、おまえだな、キドニー?」

「どこでそんな情報を?」

「言ったろう。俺は最初から船に乗ってたって。野村と美竜会の接触を、東京から来た連中に知らせて、仲間割れを起こさせたのも、おまえだ。きのうの騒ぎが、それさ」

「俺が蒲生の爺さんを死なせた。そう言いたいわけか」

「死ぬ時は、人は死ぬ」

「俺の科白だな、それは」

「見えてきたかね?」

「なにが?」

「ほんとうに、裏にいるやつさ」

キドニーが、肩を竦《すく》めた。

私は腰をあげ、キドニーと女の子に手を振って、部屋を出た。

一度診察室に戻り、車のキーだけを取って休診の札を出した。

車を走らせた。海沿いの道。ブルーと白のペンキを塗った、コンクリートの建物。『レナ』は営業中だった。

「あんなひどいコーヒーを口にしたのは、はじめてだ」

「わかった。宇野先生のとこ」

安見が言う。カウンターの中で、母親の方も笑っていた。

「口直しってわけじゃないが」

「宇野先生、お客さんにまずいコーヒーを出すのが趣味なんだから。まずいものがあるから、おいしいものもあるんだって。世の中とはそんなもんだ、とよく言ってるわ」

「蒲生さんが、きのう」

秋山の女房が言った。私は、ちょっとだけ頷《うなず》いた。それ以上なにも言わず、秋山の女房はコーヒーの焙煎をはじめた。

カウンターの中の女が、秋山の女房であり安見の母親である、ということはわかっていても、なんと呼びかけていいか適当な言葉は見つからなかった。女を目当てに酒場へは行くが、ここへはただコーヒーを飲みにだけ来ていたような気がする。だから、ほとんど言葉を交わしてもいない。

「オオヤって名前、聞いたことはないかな?」

秋山の女房が顔をあげた。安見が首を傾《かし》げている。

「いっぱいありそうな名前だけどな。ママ、知らないの。この街は、ママの方が長いんだから」

「うちのお客様じゃないわ」

「往診を頼まれたのに、客がどうしても見つからん」

「おまわりさんに訊《き》けばいいのよ」

「そうしよう。急病ってわけじゃないんだ。俺をマッサージ師と間違えてる」

「腰でも痛くなったんだ」

「首の筋が違ったそうだ。丁寧に頼まれたんで、うっかり引き受けちまった」

「先生、ほんとは手術の名人ですってね。きのう、遠山先生が来て言ってたわ」

「画伯の指も、そろそろ動くようになってきたんじゃないのかな」

「あと一週間で、元通りだって。感じとしてわかるって」

「玲子《れいこ》さんってお名前、お聞きになりました?」

「いや」

「人の重さが、手術で消えた。それはむなしい気がするって、おっしゃってたわ。恋人だった方です」

言って、秋山の女房は、豆の薄皮をピンセットで除きはじめた。コーヒーが出来あがるまで、私は黙って待っていた。安見も、宿題でもあるのか、カウンターの端で本を拡《ひろ》げた。

いい香りが漂ってきた。

オオヤというのが、地名なのか人の名前なのか、私は考えていた。いずれにしても、この街と関係はあるはずだ。

キドニーか叶に訊けば、簡単にわかることかもしれない。川中でもいい。しかし私は、ひとりで捜そうと決めていた。

コーヒーが出てきた。キドニーの事務所のものと、同じ名の付いた飲物とは、とても思えなかった。ジャズのBGM。香りを、まず吸いこんだ。私は、なにをはじめようとしているのか。渡辺が気を失う時に言った言葉。美竜会の連中も、それを知りたがっていた。

崩れていくとは、こういうことを言うのかもしれない。崩れていくことで、知子の気持を惹《ひ》きつけようとでも思っているのか。すでに抱いた女。むこうから、私の愛人になりたいと言った女でもある。いまさら、惹きつける必要もない女だ。

客が入ってきた。男女の二人連れだ。安見が声を出して立ちあがり、窓際の席へ案内していく。

いつもほど時間をかけずに、私はコーヒーを飲み干した。

陽《ひ》が落ちるまでには、まだかなり時間があった。部屋へ戻り、シャワーを使って喪服に替える時間は、たっぷりありそうだ。

21 喪服

通夜にも、知子の姿はなかった。

私は、大して気にしなかった。オオヤがなんであるかわかれば、知子も見つかる、という理不尽な確信にとらわれていた。

焼香を済ませた私のそばに、キドニーが近づいてきた。

「彼女、見かけたぜ」

「どこで？」

「シティホテルのロビーさ。出がけに、あそこで人と会う用事があった。喪服も着てなかったよ」

「話したのか？」

「いや。エレベーターに乗るところを見かけただけだ。どこかの客室で浮気をしてるか、最上階のレストランかバーにいるか。叶でも雇って、素行調査をしてみたらどうだ」

「皮肉な男だ、まったく」

「おまえじゃ、持て余す女だよ。チンピラを切りつけて、逮捕されたことがあった。一年半ほど前だったかな。蒲生の爺さんに頼まれて、俺が警察と交渉したがね」

「なぜ、切りつけたんだ?」

「理由は言わなかった。それで、釈放させるのに手間取ったがね。どうも、友だちがひどい目に遭わされたらしい。焼津のキャバレーかなにかで、働かされていたんだ」

「それだけの理由か?」

「わかったところはな」

葉巻は受け取れない、と土崎という男が大声で言っていた。棺桶《かんおけ》に入れてあの世に持っていく。親父《おやじ》はそう言ってたろうが。船乗りらしい、よく透《とお》る声だった。

私が知っている人間で、焼香を済ませるとすぐに帰っていったのは、藤木だけだった。

「血が怕《こわ》いか、キドニー?」

「場合によるな」

「俺はなんともない。十年以上も、人の躰《からだ》を切り刻んで生きてきた」

「自分の血でもか?」

「試してみたことはない」

「おかしな男だ。俺は、おまえのような男に時々嫉妬《しっと》を感じてね。俺は多分、自分の血をひどく怕がっている。川中は違う。坂井も藤木もだ」

「このあたりで、俺は失礼する。蒲生さんと、それほど親交があったわけじゃないんでね」

「シティホテルを覗《のぞ》いてみろよ。男と一緒の彼女と会えるかもしれん」

私は、車に乗りこみ、エンジンをかけた。駐車場には、さまざまな車が駐《と》められている。フェラーリ、ポルシェ、ボルボ、シトロエン、ジャガー。田舎街では、これだけの外車が揃《そろ》うことは滅多にないだろう。

無意識に、私は黄色いシティを捜していた。駐車場にはいなかった。

ブルーバードを出した。

蒲生の死は、とばっちりのようなものとして、警察では処理されたらしい。かなり激しい争いがあって、刑事にまで怪我人《けがにん》が出たというのに、死んだのは蒲生だけなのか。刺したチンピラを追っていった叶は、救急車がやってくるより早く戻ってきた。死んだ蒲生を見ても、なにも言わなかった。はじめに傷を見た時から、助からないとわかったのかもしれない。

チンピラがどうなったのか、叶はひと言も言わなかった。二時間後に、山の中の雑木林で、腹を刺されて死にかかっているチンピラが発見されただけだ。

街へ戻った。

シティホテルの駐車場に車を入れ、私は黒いネクタイだけを引き抜いて、最上階にあがっていった。

レストランには、姿は見えなかった。バーは薄暗くて、入口のところで中の人間の顔を確かめることはできない。入っていった。奥の窓際の席に、知子はひとりで腰を降ろしていた。窓ガラスに、ぼんやりと知子の顔が映っている。ガラスの中で、眼《め》を見合わせる恰《かっ》好《こう》になった。

「俺も、オン・ザ・ロックにしよう」

私が腰を降ろしても、知子は外に眼をやったままだった。バーが暗いのは、夜景がよく見えるようにするためだろう。テーブルにある赤いシェードのキャンドルが、人の顔まで赤く染めている。

「帰りですか、お通夜の？」

「お焼香だけさ。蒲生さんと深い付き合いがあったわけじゃない」

「死んでも、惜しいって歳《とし》じゃありませんでした」

「君の御両親なんかも、勿論《もちろん》見えてたわけだろう？」

「そういう人たちと、顔を合わせたくなかったんです。お焼香をするのだけが、弔いだとも思いませんし」

オン・ザ・ロックを胃に流しこんだ。チェイサーは、頼まなければ持ってこなかった。ホテル・キーラーゴの方が、ボーイたちは洗練されているようだ。

「前に、君が友だちの仇討《あだう》ちみたいなことをやった、とキドニーが言ってた」

知子は、かすかな含み笑いを洩らした。私は二杯目のオン・ザ・ロックを頼み、煙草に火をつけた。

窓からは海が見えるようだが、暗くてよくわからない。早い時間のせいか、客は少なかった。知子は、誰かを待っているという様子でもない。八年物のハバナクラブを、コリンズにして飲んでいる。

「ラムが好きだったのか？」

「叔父が、好きでした。土崎さんが凝ってて教えたんで、このごろはラムばかり飲んでましたわ。遠山先生からせしめた、ハバナシガーと一緒に」

半袖《はんそで》のワンピースだけでは、冷房の中ではちょっと寒そうだった。

「かけてろよ」

私は上着を脱いだ。長袖のワイシャツだから、私の方がまだましだ。

「変なふうにやさしくされるって、あたし嫌いなんです」

「喪服だよ」

「そういう意味」

「これをかけたところで、心まで暖まりはしない」

「似合いません、先生にそんな科白」

「キドニーの真似《まね》をしてみただけさ」

知子は、素直に私の上着を肩から羽織った。

「叔父は、死にたがってたんだと思います」

「死を、ときめくような思いで待っている老人を、知らないわけじゃないがね」

「いつかは、先生に看《み》て貰おうと思ってました。賭《か》けかなんかして、あたしが勝ったら言うことを聞くというようにして」

どこかが悪かった、ということなのだろうか。死んでしまった人間について、それを言っても意味のないことだった。

「持主も顧みないような古い船を、大事にしてやっていたという話は聞いた」

信じ難いことだが、私は懸命に知子を慰めようとしていた。そういう自分に戸惑って、ウイスキーとチェイサーを全部空けた。

「オオヤって、聞いたことないかね？」

「知らないわ」

「この街と関係ある、地名か人名だ」

「どういうことなんです？」

「なんでもないことかもしれん。あるいは重大なことかもしれん。渡辺の口からそれを聞いたのは、俺だけだよ」

「なにか、やる気なの？」

知子の口調が、看護婦のものから愛人のものに変った。

「そのことで、俺は袋叩《ふくろだた》きにされた。それでも喋《しゃべ》りはしなかったがね」

「あれだけ怪我をしても」

「大したことはなかった。殺されることと較《くら》べれば、どうということもなかった」

「いままで横をむいてたのに、なぜそんな気になったの？」

「おまえの叔父さんが殺された」

「つまんない愛情の告白の仕方よ」

「告白してるわけじゃない。確かめようと思ってるのさ。その愛情ってやつが、ほんとに俺の心の中にあるのかどうか」

「危ないわ」

「崩れていく男に惚《ほ》れる。そう言ったな」

「あなたが崩れていくのは、そんなとこからじゃないわ。大変な腕を持った外科医なのに、闇《やみ》の医者みたいな真似をする。そのうち免許も取りあげられるわ」

「それが、崩れていくことか？」

「あなたにとってはね」

「医者をやめさせられたら、酒場のバーテンでもやるかもしれない。俺にとって、医者であるということは、大して重要なことじゃない。だから、そこからは崩れてもいかない」

「じゃ、なにが？」

「わからんよ。崩れるものがあるのかどうか。確かめたいんだ」

「わかった時は、崩れてしまってるわ」

知子が、私の煙草に手をのばして火をつけた。一瞬、ガラスに明りが灯《とも》ったように見えた。

自分のなにかを、確かめようと思ったことはなかった。生まれてしまった。そんな気持だけが心の底にあった。気づいたら、医者になってしまっていた。そうやって、人間は何十年間か生きていくものだ。私にとっては、人生とはそれだけのものにすぎなかった。

「ここに流れ着いた、とは思ってない」

「どこか、よその街に？」

「気がむいたらだ」

「似てるんだ、あたしと」

「おまえは、この街で生まれ、この街で傷ついたんじゃなかったのか」

「あたしも、気障な科白が好きなの」

煙を吐きながら、知子が言った。

「単純な、人間の二面性だな。おまえを見ていると、そう思う。看護婦とやくざ者の女房。

つまり裏と表だ。俺は、もっと複雑だぜ。どこが裏で、どこが表かよくわからん。だから、確かめることが必要なんじゃないか、と思えてきた」

「なんでも、好きに確かめればいい」

「そうだな。わざわざ言ってみる必要もないことだ」

三杯目のオン・ザ・ロックを、私はチビチビと口に運んだ。

「オオヤって、大屋荘《おおやそう》のことじゃない」

「大屋荘?」

「ずっと街からは離れてる。山ひとつを別荘にしてる、大金持がいるという話よ。この街の人間でもないし、特になにかやっているという話もないわ」

「どこだか、教えてくれないか?」

「車で一時間。それぐらいじゃないかしら。詳しい場所は知らない。別荘が建てられる時、ちょっと話題になっただけね」

「美竜会との関係は?」

「知らないわ」

「昔の男は、やくざ者だったんだろう」

「組員とかいう意味じゃないの。勿論組にはいたけど、美竜会じゃない」

「俺は、やくざ者かね?」

「先生よ。優秀な外科医」

「おまえの言い方じゃ、外科医がやくざ者であってもいいわけだ」

知子は、何本目かの煙草に火をつけた。

「人の躰を切り刻むの、飽きたの？」

「わからん」

「飽きても、みんなやるのよね。あたしが看護婦になったの、血が好きだったからよ。それも飽きたわ。でも、まだ看護婦を続けてる」

「多分、そんなもんだろう」

港も、昼間は見えるのかもしれない。それとも、小さく見える明りが港のものなのか。そのさきは、深い闇だ。

「音楽を、あまり聴いたことがなかった。音楽的な環境で育たなかったんだ。それが、最近になって、時々いいと思ったりする」

「どういう意味？」

「本来あるべき自分の姿を、見つけかかってるんじゃないかと思う」

「音楽の中で見つけるべきね、それなら」

「俺が見つけられる、と思うところで見つけるさ」

知子の指が灰皿にのびて、煙草を消した。血の色のマニキュアに、私ははじめて気づいた。知子のマニキュアを見た記憶はない。

喪服に似合っている。なんとなくそう思った。眼が合うと、知子は顔を窓の外にむけた。

22　蕎麦《そば》

グレーのスカイラインが、私の車の前を塞《ふさ》いだ。

降りてきたのは、藤木だった。

「どちらへ行かれます、先生?」

「ただのドライブさ」

「このさきには、なにもありませんよ」

山の中。ようやく車が擦れ違えるほどの狭い道だが、舗装はきちんとしている。

私も車を降り、煙草に火をつけた。藤木は、じっと私に眼を注いでいる。普通の人間とは、眼《まな》ざしが違う。といって、やくざ者の眼ざしでもない、という気がする。

「高村や坂井の具合、どうなんだ?」

「二人とも、殺しても死ぬようなやつらじゃありませんね」

「生命力があるのは、医者である俺にはよくわかるがね」

藤木がここにいるということは、大屋荘が今回のことに関係あるということだ。ただのドライブで、こんなところへやってくる人間はいない。

陽ざしが強かった。完全に夏の太陽だ。私は、滲《にじ》み出してきた額の汗を、掌《て》で拭《ぬぐ》った。

藤木は、黒っぽい麻のジャケットを着ているが、汗ひとつかいているようには見えなかった。

「どうやって、ここを摑《つか》まれました？」

低い、落ち着いた声だった。むき合っていると、気圧《けお》されるような気がしてくる。

「道に迷った、というところかな」

「一本道に？」

「そこに入りこんじまった。間違ったな、と思っても、その道を進み続けてしまう悪い癖がある。子供のころから、そうだったよ」

「御案内します。ちゃんとした道まで」

「その気になったら、戻ればいいことだ」

藤木が眼を、伏せた。

「殴って気を失ったところを、連れ戻そうなんて考えるな」

「わかりますか」

藤木が苦笑した。気配を感じたわけではなかった。私ならそうするだろう、と考えただけだ。このさきが、危険で重要な場所なら、間違いなくそうする。

「先生がなぜ、と考えますね、やはり」

「道に迷ったというのは、あながち外れちゃいない。ふっと迷いこんでしまったところだがね。ほんとうは、自分の意志がどこかに働いていたのかもしれない」

「私らのような、けだものとはわけが違う方ですよ、先生は」

「男が、けだものになってしまうことは、あるんじゃないのか？」

藤木が私を見つめてくる。川中とは違う意味で、吸いこまれそうな眼だ。眼の底に、さらに深い底なしの暗さがある。なにを見てくれれば、こういう眼になるのだ、と私は思った。視線に圧倒されはしなかった。見つめ合っても、もう眼を逸《そ》らそうとは思わない。

「ここのことは、誰も摑んでいません。私ひとりだと思ってました」

「君は、この事件でどういう役割を演じている。なにをやる気だ？」

「すべてを」

「どういう意味だね？」

「私がすべてをやれば、誰も余計なことはしなくて済みます。死ぬ人間も出てきません」

「いつも、そうやってトラブルを買って出るのかね」

「はじめてです」

「なぜ？」

「言いたくないことや、言ってはならないことが、男にはあるものでしょう」

「確かにな」

「私も、先生にはこれ以上訊きません」

私は煙草を捨てた。草いきれで、息苦しくなりそうな気がした。

崩れようとしている。私と同じように、藤木も崩れようとしている。それを、別の強靱《きようじん》なものが、藤木の意志とは関《かか》わりなく支えようとしてくる。その間で、この男は多分踠《もが》き苦しんでいる。

汗が、涙のように頰《ほお》を伝わってきた。

「この街は好きか、藤木さん？」

「好きになっていました。いつの間にか、自分でも気づかないうちに」

「好きになった自分を、責めているように聞えるぜ」

「好きになるべきじゃないんです」

「ストイックなのかな。それとも」

「人間じゃありませんので」

「けだもの？」

はっきりと頷き、藤木は眼をしばたたいた。私は、もう一本煙草に火をつけた。背中にも不快に汗が流れはじめている。

「それで、自分を責めるわけか」

「こんなことがなけりゃ、責めることすら忘れていたでしょう」

「それが、人間の幸福というやつじゃないのか。忘れていることが」

「ですかね。私には、縁がないことです」

「川中さんが、ひどく心配しているようだった。余計なことかもしれないが」

「そうですか」

「失いたくない友だちになっていた。気づいたらそうなっていた、と言ってたよ」

「馬鹿ですね」

「川中さんがか？」

「私がです。社長にそう思われる前に、消えておくべきでした」

藤木と川中がどういう関係なのか、具体的にはわからない。結びつきの強さのようなものが、感じられるだけだ。

藤木は、相変らず汗ひとつかいていなかった。精神状態で、汗が滲み出すことはある。診断を下される前の患者には、結構多い。まったく汗をかかないというのは、心の状態でコントロールできることなのか。

路面に落ちた二人の影は、寸づまりで、ずんぐりとしていた。陽が、ほとんど真上に来ているに違いない。たとえ手を翳《かざ》してでも、太陽の位置を確かめようという気は起きなかった。

「大屋荘の主人には、いま会えるのかな？」

「まず、無理でしょう」

「しかし、君は会いにきた」

「先生もですよ」

「今日は、大人しく二人とも帰る、ということにしないか。それとも、二人揃って会いに行くか。どちらかに決めよう。ここは暑くて、頭が変になっちまいそうだ」

「帰りましょう。先生をお連れするわけにはいきません」

「街へ帰っても、すぐに君を放したくないんだがな」

「街へ一旦《いったん》戻ってもう一度引き返す。そんな抜け駆けはしません」

「退屈なんだよ、俺は。病院にゃ、休診の札を出しちまったし」

藤木が、私を見てちょっと笑った。どこか、川中の笑顔とも似ていた。人懐っこいというのではない。諦《あきら》めたような、投げ出すような、それでいてふっと惹きつけてくる笑顔。

「街の手前に、小さな食堂があるのは御存知ですか？」

「街道沿いの店なんて、入る機会はなかった」

「御案内しましょう。そこのところが、悪くないんです」

「いいね」

「私が、ひそかに行く店でして」

「わかった。誰にも言わないことにする」

藤木が、さきに車に戻った。

ここから大屋荘まで、二キロ足らずの一本道のはずだ。どこまでが公道で、どこからが私道なのかはわからない。

三度切り返して、車の方向を変えた。グレーのスカイラインが先導していく。

街道沿いの、目立たない小さな店だった。三畳ほどの座敷があり、私と藤木はそこにあがった。

「ビール」

汗をかいたせいか、私はひどくのどが渇いていた。藤木は、静かな表情で、運ばれてきたビールを私に注《つ》いだ。

「君は？」

「お茶です。このあたりは茶畠《ちゃばたけ》が多くて、市場に出ていない茶も飲めましてね」

私は煙草をくわえた。藤木がジッポの火を出してくる。蓋《ふた》をしても、しばらく藤木はジッポを見つめていた。

「思い出したな」

「なにを？」

「このライター、坂井にやることになってました。坂井は、これに私の墓碑銘《ぼひめい》を刻んで使うというんです。つまり、私は死ぬわけですが。墓碑銘は、坂井が考えてね」

「死ぬわけか。あっさり言うね」

「何年も前に、坂井と喋ったことです。私は腹を刺されてました。それでも、死なないと思ったな。躰が生きたがっていると。事実、こうして生きてます。手術の手際は、先生のように見事というわけにはいきませんでしたが」

ビールがのどを通っていく。藤木は、まだライターを見つめていた。

「おかしな連中がいるな、この街は」

「そう見えるでしょうね。特に、いまのように騒動が起きてる時は」

「川中さんは、なんとなく淋《さび》しそうだった。俺を、港のそばの一杯呑屋《のみや》に引っ張っていったよ」

「ひとりで飲むのが、似合う人です」

「シェイクしたドライ・マティニーをか」

「シェイクすることに、なんの意味もありませんがね。社長は、そういう飲み方が気に入ってるんですよ」

「坂井は、ステアのドライ・マティニーだったら、俺にも出せると言った」

「つまりは、そういうことです。社長だけのカクテルを作るのが、坂井は嬉《うれ》しいんだ。私も、そうでしたよ」

「君もバーテンだったのか?」

「岬の手前の『レナ』で。秋山さんが買われてコーヒーハウスにする前は、朽ち果てかかった酒場だったんです」

なにかを思い出すような表情を、藤木はしていた。

「あそこで、私は女の背中の傷を縫ったことがあります。生きていれば、ひどい傷痕《きずあと》になって、恨まれたでしょうね」

「あまり喋らない人かと思ってたよ」

「ふだんは、喋りません。自分のことで、喋ることはなにもない、と思っていますから」

「思い出がある」

「喋ることはない、と思いながら、喋っちまってるんですね」

「いまは、『レナ』へは?」

「あまり行きません。コーヒーというやつがわかりませんでね」

とろろ蕎麦《そば》が運ばれてきた。私は二杯目のビールを空け、箸《はし》をとった。

お互いに、蕎麦をすする音を聞いていた。悪くない味だ。とろろに腰がある。

「俺は確かめてみたくなってね」

言うと、藤木は顔をあげて私を見つめた。

「生きてるということを、確かめたくなった」

「心臓の音を聞くだけじゃ、駄目なんですか？」

「駄目だね。ほんとに女に惚れることができたら、という気がする」

「それと、大屋荘とどう繋《つな》がるんですか？」

「目の前に大屋荘があった。それを乗り越えれば、ある程度わかると思ったよ」

「看護婦の山根さんですね」

「男勝りのジャジャ馬だ、と蒲生さんは言ってたよ。東京から来た刑事に尻をまくった時は、すごかったな。俺も遠山画伯も、唖然《あぜん》としてた」

「つまらない男には、惚れない人だと思いますよ」

「知ってるのかね、前の男を？」

「男でした。そう言うしかありませんね。この街の人ではなかったですが」

「殺されてる」

「覚悟をして死にに行った。そう聞いております」

藤木は、また箸を動かしはじめた。

汗はもうすっかりひいている。私は、瓶の底に残ったビールをコップに注いだ。

23　ライター

刑事が、マンションの前で待っていた。

「若いのは、入院しちまったのかな。名前、なんてったけ」

「勝田でしょう。私は井原」

「荒っぽい治療をしといてやりましたよ」

「調子はいいようです。いま、美竜会に貼《は》りついてましてね」

スーツケースは、車の中に入れっ放しにしておくことにした。手術器具の消毒は済んでいる。

「どうも、おかしな具合になってきましてね。美竜会が大人しくなった。上の方から、なにか来たんでしょう」

「もともと、大人しい組織って話だから。この街は、見かけほどにダニがはびこれない。川中って男がいるからだって噂《うわさ》ですがね」

「静岡県警でも、そう言っておりましたよ。この街の所轄署は、認めようとしませんがね。なんでも自分の点数にしたがる。同じですな、どこも」

「それで」

「待ってたんですよ、先生を」

「令状は？」

「御協力をお願いに来ただけです。うまくすると、美竜会を蒲生殺しで叩ける。勝田は、それを狙《ねら》ってるんですがね」

「地元の警察に任せりゃいいのに」

「切迫してましてね、われわれも。寺島殺しの捜査という名分は、あくまで変りませんが、背後にあるものにも関心がある」

「なにがあるんです？」

「寺島、渡辺、野村。三人のうち、ひとりは殺《け》され、もうひとりは植物人間だ。野村も殺《け》された可能性がある。調べたところじゃ、弾を食らってましたんでね。胸と腹ですよ。しかも、どこの病院でも治療した形跡がない。ところが生きてて、おまけに美竜会に接触までした」

「回りくどいな、言い方が」

「美竜会は、一度出した色気をひっこめたってことです。野村を、今度ははっきり狙ってきますね」

「考えてることがなにか、およそ見当がつきましたよ」

「野村がわれわれの手にあれば、かなりのことまでできるはずです」

「宇野という弁護士に、相談するんですね」

「弁護士は苦手でしてね。特に宇野弁護士には気をつけるように、と所轄署からも注意されてて」

「俺の行動の一切は、宇野弁護士と話合いのうえということになってます」

「そうですか」

井原は、白髪の混じった短い髪にちょっと手をやった。

「面倒になりますよ、これから」

「そうかな?」

「連中は、野村は先生と繫がりがあるともう見当をつけてます。どこをどう探しても、治療をしたのは先生だとしか思えませんのでね。私が所轄署に指示して、ガードを付けたいくらいです」

「それだけですか?」

「充分でしょう。これ以上、なにかあって欲しいですか」

「とにかく、俺はいつもの生活を変える気はない。ガードも結構。最悪の場合は、後悔しながら死んでいくことにします」

「病院を休んで、野村に会いに行かれた。違いますか?」

「蕎麦を食いに行っただけでね」

手を振って、私は玄関に入っていった。

部屋へ入ると、服を脱いでシャワーを使った。冷たい水が心地よかった。躰から、汗の臭《にお》いはきれいに流れ落ちた。

椅子《いす》に腰を降ろしても、西洋哲学の本を拡げようという気にはならなかった。三十分ほど、裸でじっとしていた。

玄関のドアが開いて、知子が入ってきた。スペアのキーが、病院のデスクのペン皿に置いてある。それを使ったのだろう。

「帰ってたの？」

「蒲生さんの葬儀には、出なかったのか？」

「火葬場まで行ったわ。でも、あとはもういい。お酒なんか、ごめんだと思った」

「ここへ来て、なにをやるつもりだった？」

「なにって」

「女を抱けるほど、俺はいま暇じゃない」

「裸で待ってたんじゃなくて？」

私は苦笑した。服を着こんだ。ポロシャツと麻のズボン。髪はまだ乾いていない。髭《ひげ》もザラついている。

「抱いてよ。いたら、抱いて貰おうと思ってた」

「こう見えても、頭の中は忙しくてな」

「女を抱きながらでも、考えごとはできる人でしょう」

「相手がおまえだから、抱きたくないのさ」

「わかったわ。でも追い出さないで。ここにいて、お掃除でもしてるわ」

知子が、絨毯《じゅうたん》の上に坐《すわ》りこんだ。喪服も悪くない。大抵の女は、しっとりとした艶《つや》を出すものだ。知子は、坐りこんだまま掃除をはじめるでもなかった。

「俺は出かけるつもりなんだ」

「わかったわ」

なにをするか、と口で言っても仕方のないことだった。やれるかどうか。私自身の問題でしかない。

この街へ流れてきて、知子と会った。めぐり合わせというやつだ。自分がほんとうに生きているのかどうか、確かめなければならない時期が、私には来ていたのかもしれない。

ようやく、陽が傾いていた。

私はなにも言わず外へ出て、古いブルーバードに乗りこんだ。スーツケースを、手もとから放したくない。自分でも思ってもみなかった感情だった。スーツケースを運ぶためには、車は必要なものだ。

午後六時半は、まだ明るかった。

それでも川中は、『ブラディ・ドール』のカウンターにいた。開店前で、店の中はしんとしている。

「やあ、ドク」

川中が飲んでいるのはドライ・マティニーで、作ったのは坂井だった。

「動かさない方がいいんだがな、いまは」

「片手でも、シェーカーは振れます」

「そんなもんか」

「痛みは、ほとんどありませんよ。化膿《かのう》もせずに、傷口は塞がったみたいです」

「高村は？」

「船の上です。もう、動いてもなんともないみたいですよ」

私は、ターキーのロックを頼んだ。

「こいつも、俺になにも言いやがらん」

川中が言った。坂井は、片手で氷を割り、それをロックグラスに入れている。大きな塊をひとつ。それが坂井流のオン・ザ・ロックらしい。

「社長が入ってくると、事が面倒になりますからね。いつもそうです」

「俺がいなくても、面倒は起きてるじゃないか」

「今回は、宇野さんも深く関わってるみたいですしね」

「あいつは、美竜会を守りたいのか。それとも潰《つぶ》したいのか？」

「どっちでもないでしょう。美竜会に強くなられても困る。潰れても困る。あの人にとっちゃ、道具みたいなもんですよ」

坂井の口調は、営業時間中よりずっと砕けている。私は、ロックグラスの中で、氷をカチカチと鳴らした。

「キドニーと俺を、まともに咬《か》み合わせたくない、というおまえの言い分はわかった」

川中は、坂井からなにかを訊き出そうとしていたようだ。坂井が、どこまで知っているのかは、疑問だった。高村も藤木も、気軽に人に相談するタイプとは思えない。

野村を抱えているのは、キドニーと叶だ。それがわかれば、美竜会はどういう態度をとるのだろうか。やくざは、やはりやくざの論理で動くのか。弁護士の代りなど、いくらでもいるはずだ。

「蒲生の爺さんで終りにしろよ、坂井。これ以上死人が出ることを、俺は許さん」

坂井は返事をせず、アイスピックで氷を突っついているだけだ。

「馬鹿が揃ってるんだよ、ドクター。人のことは、俺にも言えんがね」

「俺もさ」

「坂井と藤木ってのは、馬鹿さ加減の桁《けた》が違ってね。俺は、坂井がなにか知ってるとは思えん。いま訊いてみても、そうだよ。隠してる顔はしてない。なにも知らず、なにも訊かず、藤木がやりたがっていることを、黙ってやらせようとしてる」

「勘弁してくださいよ、社長」

坂井は、川中のカクテルグラスをさげた。新しく作って出そうという気は、ないらしい。

「今夜も、俺に付き合ってくれるかね、ドクター?」

「やめとこう」

「なぜ?」

「あんたは、愚痴の似合う男じゃない」

坂井の顔が、一瞬笑ったように見えた。

川中が煙草をくわえる。出しかかったライターを、坂井が途中でひっこめた。藤木のジッポだったように、私には見えた。

「うちの理紗って子に、思召《おぼしめ》しがあるそうじゃないか、ドクター?」

「この間、せっかくそばに来たのに、あんたが邪魔をしたんだよ、川中さん」

「そうだったかな。あれは、ちょっとはかなげな感じのする、いい子だと思う」

「もういい」

「振られたのか」

「俺には、場末の地面を這《は》い回っているような女の方が、お似合いだろう」

「この街は、病院が不足気味なんだがな。人口が急増しすぎた。腕のいい医者は、もっと足りないよ」

「まるで、俺が出ていくような口ぶりだね」

私は、ターキーのオン・ザ・ロックを呷《あお》った。氷はまだ大きなままだが、二杯目には新しい氷が入れられた。坂井は、川中の方を見ようとしていない。

「儲《もう》けられる、と言ってるんだ。その気になりゃ、医者は儲かる街だって、教えてやってるんじゃないか」

「あんたは、金儲けが好きなのか？」

「いや」

「俺も、金には関心がない。食えればいいと思うだけだ」

川中が煙草を消した。

二杯目のオン・ザ・ロックがまだ残っているので、私は腰をあげなかった。またな、と言って川中が出ていく。

「藤木さんは？」

「さあね。今日は会ってません」

「主治医に嘘《うそ》をつくもんじゃないぜ」

「社長が、出ろなんて言うもんだから、俺」

「藤木さんだろう、言ったのは。どこへ行ったんだ？」

「知りませんよ」

二杯目を、私は空けた。三杯目は頼まなかった。

「けだものの躰、人間の心」

「なんです?」

「そのライターには、そういう墓碑銘でも刻むといい」

坂井の眼が、真直《まっす》ぐに私を見つめてきた。私はちょっと笑い返した。坂井の表情は変らない。視線を払いのけるように、私はカウンターに手をついてゆっくりと腰をあげた。

24　崖《がけ》

ようやく、暗くなりはじめていた。

さしあたってなにをやればいいか、思い浮かばなかった。私が野村の手術をしたことが割れているなら、私自身が標的になることもできるだろう。つまり、私が街のどこかをぶらついていれば、獲物はむこうから近寄ってくることになる。

車に乗りこんだ。

港のそばの、安直な一杯呑屋が並んだ通りへ行った。この街へ来たばかりのころ、私は夜毎《よごと》この通りをさまようように歩き、女を漁《あさ》った。商売女もいないわけではなかったが、金を払うという行為が、自分の欲求をわずかでも満たすことがないのは、よくわかっていた。躰よりも心を開かせる刺激に、のめりこんでいたのだ。心を開いた女には、すぐに関心を失っていく。

一軒の小料理屋に、私は入った。造りは安直で、客のほとんどは焼酎《しょうちゅう》のお湯割りを飲んでいる。この街に来て、最初に見つけた女がいた店だ。

その女は、まだ店にいた。私の顔を見てちょっと口を開け、それから皮肉っぽい笑みを顔に浮かべた。

「久しぶりじゃないの」

「忙しかったんでね」

「店の前を通ってる姿、時々見かけたわよ。かわいそうだから、声はかけなかったけど」

店は開店したばかりで、まだ客は入っていなかった。私はカウンターに腰を降ろし、焼酎のお湯割りを頼んだ。内儀《おかみ》と女の二人だけの店で、内儀の姿は見当たらなかった。

「ここにあたしがいなくなったと思って、覗いてみたわけ？」

「いや」

「いることは、知ってたんだ」

女はカウンターの中に入り、焼酎を半分ほど注いだコップに、ポットの湯を差した。割《かっ》烹着《ぽうぎ》を着ているのは以前と同じだ。髪も、同じようにひっつめている。女の名前がなんだったのか、私は思い出そうとしていた。

「あたし、しつこくするの好きじゃないからさあ。電話二回で、諦めちゃったけどね」

悪かった、と言う気はなかった。一年ちょっと前に、こんな女を抱いたのか、という思いで女を眺めるだけだ。

「いるのよね、桜内さんみたいな男って」

女は、私の名を憶《おぼ》えている。私は湯気をあげている焼酎を口に運んだ。

「男と女が、ほんとに惚れ合うって、難しいことよね」

「かもしれんな」

「そうでなきゃ、いけないと思う人よ、桜内さんって。適当に折り合いをつけとこうなんて、思わないのよね」

性質の悪い女ではなさそうだった。だから名も忘れている。

自分を恥じてはいなかった。なぜこの店を選んで入ったのか、自分でも説明できないところはあるが、たとえ女に罵《ののし》られたとしても、やはり自分を恥じたりはしなかっただろう。

「一度さ、桜内さんの病院に行こうと思ったことがある。タクシーが追突されちゃって、ムチ打ちみたいになっちゃった時ね」

「ひどかったのか？」

「市立病院に運ばれてさ。首に繃帯《ほうたい》なんか巻かれて、薬もいっぱい呑《の》まされたわ。それでなんとなく躰の調子が悪くなって、勝手にやめちまったら元通りよ。いい加減なもんよ、医者って」

「そいつは悪かった」

「桜内さんのことじゃなくて、市立病院の医者のことよ」

真面目《まじめ》なタイプの女でもあるのだろう。そこが物足りなかったのかもしれない。

戸が開いて、内儀が入ってきた。

「和《かず》ちゃん、これ冷蔵庫ね」

買い出してきたらしいものをカウンターに置き、内儀は私に挨拶《あいさつ》した。私のことを憶えているような挨拶ではなかった。三度か四度、この店へは来たはずだ。

和江《かずえ》という名前が、ようやく浮かんできた。苗字《みょうじ》はわからなかった。はじめから知らなかったのかもしれない。

二杯の焼酎と冷奴《ひややっこ》で、私は腰をあげた。

「別に、背中を曲げて、コソコソうちの前を通らなくてもいいのよ、桜内さん」

送りに出てきた和江が言う。皮肉には聞えなかった。私はただ頷いて手を振った。

外は暗くなっていた。埠頭《ふとう》の方は、さすがに人が少なくなっている。それでも、海に涼を求める人の姿は、いくらかあった。

倉庫街の方へ、私は歩いていった。自動販売機の横の電話ボックスに入る。中は、昼間の熱気が残っているのか、ムッとした空気が鼻をついた。

自分の部屋の番号を回した。

六度のコールで、知子が出た。

「女房面するなよ、どういう了簡《りょうけん》だ？」

「あんただって、わかったわ」

「俺の声で、電話が呼んだのか。その電話に出ていいのは、俺だけだ」

「どこにいるの、いま？」

「おまえの知ったことじゃないよ」

「馬鹿みたいじゃない、あたしたち？」

「男と女ってのは、もともと馬鹿みたいなことになるもんさ」

「崖《がけ》があって、俺はここから飛べる。だから好きになれ。そんなことをしてるみたいな気になってきたわ」

「飛ぶ男が、好きなんだろう？」

「多分ね。多分、いまもそうだわ」

「崖に立った男の子が、どんなことを念じているか教えてやろう。好きだったら、飛べる。この女の子を好きだったら、絶対に飛べる。そう念じて、そしてほんとに飛んだりする。それが男の子ってもんさ」

「そして死んじゃうのよ。死ぬとわかってても、飛んじゃうのよ」

「止めてみろよ」

束《つか》の間、沈黙があった。私は、ボックスの外に素速く眼を配った。おかしな気配は、いまのところ感じられない。

「俺のことが心配なら、止めてみろ」

「飛んでよ」

乾いた声だった。受話器を耳に押し当てたまま、私は煙草をくわえて火をつけた。

「一度だけ」

「わかった」

「待って」

受話器を、フックにかけた。

ボックスを出ると、私は周囲を見回した。三十メートルほどさきから、コンテナ置場が続いている。埠頭の貨物船には明りがあって、ダイナモの低い唸《うな》りが私のところまで聞えていた。

倉庫と倉庫の間の道を選んで、私は歩きはじめた。

五十メートルほど歩いたところで、視界が不意に明るくなった。車が近づいてくる。道路は、トラック用に造られているので、かなり広かった。

車が停《と》まった。男たち。降りてくる。逃げようという気はなかった。すでに、飛んでいる。殴り合いをしたところで、勝てないことはわかっていた。しかし、飛んでいた。勝てるかどうかではなく、飛べるか飛べないか。そして、飛んだ。

「よう、先生」

車は二台で、男たちは六人だった。

「誰かに会いに行くんだろう？」

「誰に？」

「決まってるじゃねえか。患者だよ。あんたが手術してやった男さ」

「何十人も、何百人も、手術はしてきたよ」

「とぼけた人だね。まあ、いつまでもとぼけちゃいられないだろうが」

ひとりが、胸ぐらに手をのばしてきた。私はそれを払いのけた。拳《こぶし》。避けたところを、蹴《け》りあげられた。躰が二つに折れた。

それからさき、自分がどうしたかよくわからなかった。手。首。眼を剝《む》いた男の顔。ひとりの首を、私は締めあげていた。背中や腰を蹴りあげられる。それでも、手は放さなかった。唸り声。自分のものだということに、しばらくして気づいた。叫びになった。押し返してくる男の力が、不意に消えた。路面に叩きつけられていた。上体を起こす。私が首を締めあげた男は、大の字に倒れたままで、仲間のひとりが抱き起こすところだった。

立った。低く、身構えていた。

「野村がどこにいるかだ。それさえ教えりゃ、死ななくても済むんだぜ」

頭から突っこんだ。拳に手応《てごた》えはあったが、私は路面に這いつくばっていた。立った。息が乱れていた。白い光。風。刃物だということは、鼻さきを掠《かす》めてからわかった。

「大人しくしねえと、明日、海に浮いてるとこを発見されるぜ」

突っこんだ。怕くはなかった。殴り殺されるか、刺し殺されるかの違いだ。ぶつかった。腰から、私は路面に落ちた。押さえつけられる。撥《は》ねのけた。走った。六人をバラバラにしよう。考えていたのはそれだった。

ひとり。追いすがってくる。足を止め、ふりむきざまに拳を叩きつけた。それから走った。弾《はじ》けるような音がした。痛みはない。腿《もも》を、横からなにかに貫かれたような気がしただけだ。立った。

「俺はな」

声にはならなかった。俺は、と私は何度も叫ぼうとした。エンジン音が耳についた。ハイビームのライト。二人が宙に舞った。また弾けるような音がする。拳銃を握った男が、吹っ飛んだ。

黒いポルシェ911ターボ。助手席。ドアが開いている。

乗った。ドアを開けたまま、ポルシェは男たちが乗りこもうとしている車に、突っこんでいった。エンジンが唸る。男たちを乗せたまま、車が横倒しになった。

「無茶やるね、ドクター」

川中が言った。私は荒い息をついているだけだった。ポルシェは、もう倉庫街を抜けて突っ走っていた。

「どういう気なんだ。自殺したかったのか？」

「多分」

ようやく声が出た。腿からは血が噴き出している。太い動脈が切れているのかもしれない。ポロシャツを脱いで、私は傷に押し当てた。

「多分、なんだ？」

「多分、生きたかった」

「自殺じゃなく、生きたかったってのか？」

「そうだよ」

「切られたり、撃たれたりすることがか？」

「そういう場合も、あるさ」

港のそばの酒場街。人は、さっきより多くなっていた。

「停めてくれ」

「なぜ？」

「降りたいんだ」

私の、ヘタリのきたブルーバード。うずくまっていた。スーツケースは、そこにある。そしてそれが、私の唯一の武器と言ってもいい。

ボルシェが停まった。

「歩いて帰ろうってのか」

「俺の車だ。行きすぎちまった」

「ポンコツのブルーバードだな」

バックした。ドアを開けたが、私はまともに降りることができず、路面に這いつくばった。川中が、私の躰を支える。上半身裸の、血まみれの男。すでに人垣ができはじめている。

「わかったよ。自分の車で帰りたいってわけだ。運転は無理だぜ。俺がやる」

ブルーバードの助手席に放りこまれた。私はポケットを探り、キーを出した。

25 痛み

引き摺《ず》り出されるようにして、車を降りた。

「スーツケース」

「なに？」

「それも、持ってきてくれ」

「旅行にでも、出るつもりだったのか？」

言いながら、川中は左手にスーツケースをぶらさげた。右手では私の躰を支えている。馬鹿力のある男だ。

病院に運ぼうとする川中に、強引に車をこちらへむけさせた。川中は、私が正気なのかどうか、冗談のような口調で確かめた。私を見つめる眼は、真剣だった。そして、車をこちらへ回してきたのだ。

私の部屋のドア。チャイムを鳴らした。魚眼から覗きこむ気配があり、すぐにドアが開いた。

「なにがなんでも、帰るって言うもんでね」

知子が、私の躰を支えた。

「手術の準備をしろ」

私は言った。知子は、私の躰をベッドに横たえようとした。私はそれを拒絶し、ベッドを背に床に腰を降ろした。なにかに寄りかからなければ、上体を起こしてはいられないだろう。

「手術の準備だ」

「でも」

「俺の腕を、疑ってるのか？」

「自分で、やる気なの？」

「当たり前だ。一度だけ、飛びはしたよ。しかし、俺がほんとうにできるのは、これだけなんだ。黙ってやらせろ」

知子が、スーツケースを開いた。

スーツケースの中は細かく仕切りがしてあって、薬剤や器具が収めてある。知子は、手早く、私のズボンを切り開いた。

「ハロー・ポイントの弾だった。ただ、中で散らばっちゃいないと思う」

「おい、ここで手術する気か？」

「黙ってろ、川中」

「わかったよ。手伝えるかね？」

「見てろよ。俺の助手は、こいつひとりで充分だね」

知子が、傷口を消毒している。ひどくしみた。麻酔を、自分の手で一本打った。出血は続いていた。手早くやらないことには、意識の方が保《も》たなくなるだろう。

「メス」

麻酔が効きはじめるのを、待ってはいられなかった。自分の肉に、メスを入れた。弾は深い。切開口は、少し大きくとった。

メスを握った瞬間に、私の気持は落ち着いていた。どこをどう切れば、動脈や神経に損傷がないか。どういう角度で切れば、後遺症が残らなくて済むか。

痛みはあった。しかし遠い。麻酔が効きはじめていた。動脈を探った。

「鉗子《かんし》」

太目の動脈を、二本止めた。それで、なんとか出血は収まった。

「まず、弾の摘出だ」

「はい」

「よく見ろ。大きな出血点は止まってるか？」

「大丈夫です」

「出血量は、一リットル弱だな」

「点滴は？」

「終ってからだ。邪魔になる」

「はじめてください」

私は、自分の肉の中を覗きこんだ。射入口の角度。慎重に測った。間違えてピンセットを入れれば、いたずらに肉の中を掻《か》き回すことにしかならない。

決めた。肉の中に、ピンセットを挿しこんでいった。指先。探り続ける。知子は、アルコール綿で血を拭い続けていた。

どれほど掻き回しても、痛みはなかった。かなり強い麻酔を打ってある。女たちの心を、こうやって掻き回した。心に効く麻酔というやつは、あるのだろうか。

ピンセットの先端に、固いものが触れた。これからさきは、勘だ。いや、ピンセットを持った時から、勘だけに頼っている。

挟んだ。ゆっくりと、抜き出した。

「三八口径だな」

「血管の結紮《けっさつ》を」

「見ろよ。やっぱりハロー・ポイントだぜ。近くから撃たれたのに、貫通しなかったはずだぜ」

「先生、血管の結紮を急いでください」

取り出した弾を、私は点検した。欠けたところはない。破片が残って、そこから炎症を起こしたりするのは、ごめんだった。

「腸線」

二本の動脈を結紮した。指さきは、いつもと同じように動いている。ただ、時々頭から血がひくような感じがあるだけだ。

知子が、血を脱脂綿で吸い取った。新しい出血は、それほどないようだ。大動脈からは外れている。そこがやられていたら、メスを持つ前に、失血性のショックでやられていただろう。

肉の中を消毒した。それから皮膚の縫合。会心とは言えなくても、そこそこうまく運んだ。知子が、大きく息をついて、傷口にガーゼを当てた。

「どうすればいいか、わかってるな？」

「はい」

どれほどの時間、私は自分の肉と格闘していたのだろうか。さすがに、ふだんの手術より疲れていた。

後の処置を、すべて知子に任せた。ベッドに這いあがる。切り傷が、二か所あった。縫うほどの深さではない。消毒してテーピングしていた。

血の汚れを、知子は濡《ぬ》れたタオルですべて拭いとった。それから、点滴の針を私の左手に刺して固定した。

「たまげたね。自分の腿を夕チ割って、弾を抜くなんてこと、できるのか」

「できたよ」

「できるかできないかわからないで、やったのか？」

「なんでも、やってみなきゃわからんもんだ」

しばらくしたら、私の左の腿は痛みはじめるだろう。つまり、死ななかったということなのだ。怪我をして死んでいく人間は、痛みからも遠ざかっていく。痛みが、生のようなものなのだ。

「尾行《つけ》てたのか、川中さん？」

「でなけりゃ、ああ都合よく現われるか。もうちょっと見物する気だったんだが、拳銃《けんじゅう》が出てきたんでね」

「俺が、なにかやると思ったのか？」

「すでにやってると思った。藤木も坂井も、尾行《つけ》るのはちょっと難しい。隙《すき》のあるところから、手繰ろうとしたのさ」

「藤木は、やっぱりなにも言わないのかね？」

「今度の件では、絶対に俺に顔を突っこませまいとしてる。それだけは、はっきりわかる。決めたことを、途中で変えるようなやつじゃない」

「ほんとは、キドニーと叶が現われると思ってたよ。あの二人が、東京から来た連中と美竜会の間を割ったんだ。野村って男を使ってな」

「美竜会は、大人しくなったみたいだぜ。もともと、大して腰の据わった組織でもない」

「とにかく、野村を殺したがってるんだよ。俺は野村の手術をしたことになってる。だから近いと思われてる」

「で、やったのか？」

「やったよ」

「キドニーに頼まれて？」

「患者の秘密は喋れんね」

「まったく、どいつもこいつも、話にならんやつらばかりだ」

「煙草、貰えるかね、川中さん？」

川中が一本抜いて私の口に突っこんできた。火をつけ、クリスタルガラスの灰皿を、私の腹に投げ出した。かすかな呻《うめ》きを洩らした私を見て、手術器具を片づけていた知子がようやく笑った。

「俺は俺なりに、事件の概要は摑んでる。東京で、寺島という男が殺された。兜町《かぶとちょう》の仕手グループの会社に属する男だ。一般の投資家から集めた金を、三十億近く持ち逃げした、とされている。寺島は、ひと月ちょっと前に、この街でうろつき回ってる。その時のことは俺は知らん。藤木も坂井も、嚙《か》んでいた気配はない」

「それで？」

私は、腹の上の灰皿に、灰を落とした。いまのところ、右手しか使えない。

川中は、ベッドのそばに椅子を持ってきた。

「寺島が殺されたころ、寺島の仲間が二、三人この街に入ったらしいな。それを追って、東京から何人か来た。美竜会も、それに協力するという恰好になった」

「俺より、よく知ってるじゃないか」

「俺がわからんのは、高村って男さ」

「やつは、寺島の個人的な友人だ。寺島の死を探っていて、やはりこの街に行き着いた。五月二十六日だよ、寺島が俺の手術を受けたのは。自殺に見せかけて殺す。そんな感じの傷だった。事実、十五分遅れていれば、不可逆性のショックだったろうな、失血による」

「なんのショックだって？」

「不可逆性。つまり、どう治療しても、元に戻らず、そのまま死んでいくというやつだ。死の領域に肉体が入っちまった、と言えるね」

「この街でも、殺されかけたわけか」

「ほんとうに東京で射殺されたのが、先月の二十四日だ。それから二十九日に、俺はあるところで、弾を二発食らった野村の手術をした。キドニーに頼まれたからさ。今月の三日には、あんたの知り合いの別荘で、高村の手術だ」

「よく喋ってくれるね」

川中は、私の腹の上で煙草を揉《も》み消した。左腿の痛みがはじまっている。

「高村は、寺島のことだけを調べていた。野村や、交通事故に遭った渡辺なんて男は、最初は知らなかっただろう。どこで藤木と関係ができたのかは、俺は知らん」

「よくわかった」

「助け出して貰ったからな」

「もうしばらく眺めてりゃ、腹ぐらい撃たれたかもしれん。俺は、ドクターが自分のはらわたを抉《えぐ》り出すところを、見てみたかったよ」

「ポルシェ、相当傷がついたな」

私も煙草を消した。川中が灰皿をとりのける。知子は、手術器具の片づけを終えたようだ。絨毯の血の痕《あと》は、どうしようもない。

「もうひとつ、わからんことがある」

川中は、シャツに付いた私の血を気にしていた。知子が、オキシドールできれいに落とした。アルコールで拭《ふ》くより、ずっと効果がある。

「冷たい水をくれ、知子」

「麦茶があるわ」

「俺も、ついでに頼みたい」

コップ二つの麦茶が運ばれてきた。私は麦茶など淹《い》れたことはないので、知子が勝手に買ってきて作ったのだろう。

頭を持ちあげた。知子が支える。ゆっくりと、コップ一杯の麦茶を口に流しこんだ。

「俺がわからんのは、君がなぜこんな真似をしたかってことだよ、ドクター」

「理由がなきゃいかんのか？」

「俺に理解できない理由は、あるんだろうな」

「なにもないね」

「遠山画伯は、ただ女に逢《あ》うためだけに、闇の中で岬の崖を登ったよ。いまならばわかるが、あの時は理解できなかった」

「その女性を愛しているから登れる。画伯はそう思ったんだろう。愛していれば、必ず登れるとな」

「腕があんなになってもか」

「登ったんだろう」

「登って、そして降りてきたよ。女は、死なせちまったがね。俺もキドニーも含めて、みんなで死なせたみたいなもんだった。遠山先生は、自分のために女が死んだと、思い続けているがね」

「さぞかし、腕が重たかったろうと思う」

「君も、思ったのか。愛していればできると？」

「さあな」

「俺に言うことじゃないな」

「知子にも、言わんよ」

「そういうもんかね？」

「言うために、やったことじゃない」

知子は、流し台のところに立っていた。私たちの話は、多分聞えているだろう。

左腿の痛みが、さらに激しくなっていた。麻酔は、完全に切れてきたようだ。私は川中からもう一本煙草を貰い、煙で痛みを紛らわせることにした。

川中は、私を見てちょっと笑い、腰をあげた。

26　唐竹割り

土曜の夜に、なにがあったのかはわからなかった。

日曜日は、街はすっかり平静に戻っていた。美竜会の動きが、ぴったり止まってしまったようだ。私はそれを、ホテル・キーラーゴの一階のレストランで、川中から聞いた。

「キドニーが、押さえたんだな、多分」

「ただの顧問弁護士に、そんなことができるのか？」

「やつは、ただの顧問じゃない。キドニーに見放されたら、美竜会は解散するしかないような状態さ。存在の合法性はともかく、キドニーに守られながら、穏やかなやくざ集団としてこの街でやってきたんだ」

「穏やかね」

そんな暴力団が、あるはずもなかった。しかし、新興都市であるこの街の状態と人口を考えれば、その種の連中の数は極端に少ないと言ってもいい。

「キドニーは、地方政界の上層部との繋がりが強い。詳しくは知らんが、いろいろ握ってるのさ。そしてやくざ連中は、そこのお情で生きてるようなもんだ」

キドニーは、叶と一緒に野村を握っている。藤木と坂井は、高村を抱えこんでいる。そこに、東京からやってきた連中と、その背後にいる人物がいる。私は、頭の中で図式を作りあげた。ずいぶんと単純になってきた。

「キドニーの狙いは、わかるような気もするな。誰かを潰したいんだ。強力な誰かを潰したがってる。それが、キドニーとそれに繋がってる連中の利益になるんだろう。もともと、野心は強い男だ」

川中は、砂糖もミルクも入れずにコーヒーを飲んでいた。藤木のことは、なにも言おうとしない。道路のむこう側のヨットハーバー。その中のクルーザーの一隻に、高村はまだいるのだろうか。

左腿の痛みは、かなり楽になっていた。昨夜は冷や汗をかきながら耐えていたが、今朝は少し眠ることもできた。知子が鎮痛剤を吞ませようとしたが、私は受け付けなかった。痛みでは、人間は死なない。化膿止めの抗生物質だけを服用していた。

日曜日のホテルは、かなり混み合っている。館内は冷房が効いているが、外は相当暑そうだ。すっかり夏になった。

遠山と知子が降りてきた。

「そろそろ、ホテルを引き払おうかと思ってね。指には、かなり力が入るようになってるし。そうなると、キャンバスにむかいたくなってくる」

「御自分で、リハビリをなさるとおっしゃってるんですけど」

私の隣りに腰を降ろして、知子が言った。抜糸して五日目ぐらいだ。その間に、いろいろとあった。蒲生も死んだ。

遠山はコーヒーを注文し、紙巻煙草をくわえた。

「葉巻は、先生？」

身を乗り出して、川中が訊いた。

「やめたよ。土崎さんもだ」

「蒲生の爺さんが死んだからですか」

遠山は、なにも言わなかった。ヨットハーバーの方から、クルーザーのものらしい汽笛が聞えた。日曜は、船の出入りも多いのだろう。

私は腰をあげた。左手には杖《つえ》を付けている。肘《ひじ》を挟んで、腕の二か所に体重がかかる。骨折用の杖だった。松葉杖より扱いやすく、いざという時には武器にもなる。

「指をよく動かすのは大事ですが、強い力はひと月ほどはかけないでください」

「思ったよ、桜内さん。人間にとって、心が重いというのはどういうことなんだろうとね。腕が動かなくなるほど重い。それなら、なんとなく納得できたのに、手術で治ってしまうとはね」

「忘れるのが、怕《こわ》いんじゃありませんか？　だから、躰のいろんな症状にそれを結びつけてしまう」

「忘れてしまったら」

「それだけのものだということですよ」

杖を前に出し、一歩ずつ進んだ。やっと、杖の使い方の要領が呑みこめてきた。駐車場まで歩いた。知子の黄色いシティ。運転席の方へ、私は乗りこんだ。オートマチックなら、右腕一本で転がせるはずだ。

「なんとなく、くっついちまったね、あたしたち」

「そうかな」

「これから、いろいろあるだろうけど」

「俺は、当てにならん男だぜ」

「当てにはしてないわ」

男と女というのが、私にはまだわかっていないような気がする。すべてがわかるものではないのかもしれない、とも思いはじめていた。

エンジンをかけた。右脚を動かすだけで、シティは軽快に走りはじめた。

「看護婦は、続けるか？」

「うん」

「血が好きで、選んだ職業だもんな」

「迷惑、あたしみたいな女？」

「消えろと言えば、消えてくれるのか？」

「さあね」

海沿いの道。車が多かった。ブレーキとアクセルだけで走ったり停まったりする車は、どこかおもちゃのような感じもある。

午後二時を回ったところだった。遠山のリハビリの点検と昼食。ちょうどいいドライブになった。歩けることも、わかった。

街に入った。

叶の赤いフェラーリを見つけたので、私はクラクションを鳴らした。

「怪我か？」

「転んでね」

叶は、私の怪我のことを知らないようだった。ということは、キドニーもまだ知らない。

「ドクが自分で怪我してりゃ、世話ないな。ところで、野村が消えてね」

「大崎女史のところに、置いておいたりするからだ」

「俺もキドニーも、そのことについて反省しているところでね。ただ、あそこは確かに盲点だった。外科じゃなく内科だし、女医だし、美竜会の賭場《とば》のお客さんでもあるしな」

「お喋りだな、ほんとに」

「捜してる。あの男が必要なんだ。この街で行けるところは、それほどないはずなんだがな」

「大崎女史はどうしてる？」

「冷静なもんさ。セックスを迫りすぎたのが原因ね、なんて言ってたよ」

「それだけかね？」

「違う。野村は、あることをやらなければならない、と思ってるはずだ」

「なんだね、それは？」

「知らない方がいい」

シティのルーフに手をかけて立った叶が、ちょっと顔をあげて走り去る車を眼で追った。

それからまた、私に眼を戻してくる。

「東京から来た連中、野村を捜して殺そうとしているな」

「もしかすると、ドクのその怪我は、連中に野村の居所でも訊かれたためかね？」

さすがに、いい勘をしていた。

「野村は、街にはいないかもしれないな」

「俺も、そう考えてたところさ」

「どっちにしても、赤いフェラーリで捜したりしたら、目立ちすぎるじゃないか」

「前は、仕事にフェラーリは使わなかった。いまでも、ここ一番という時は使わないだろうな。俺が使ってる若いやつらが、四人ばかり街の中を捜し回ってる。それをカモフラージュするために、俺はわざわざ目立ってるのさ」

「野村を、証人にでも使う気か、キドニーは？」

「この件は、裁判にはならない」

「知ってるかもしれないぞ、野村は」

「なにを？」

「大屋荘のことさ」

一瞬だけ、叶の眼に光がよぎった。私は、叶に笑顔をむけた。知子が、火のついた煙草を私の口に押しこんできた。

「キドニーの勝負は、きわどいとこさ」

「勝負というのは？」

「時間だよ。俺の手を借りずに、仕事を済ませたがってる」

叶の手を借りるということが、単なる人捜しのようなものではないことは、私にも見当がついた。二人で、賭《か》けのようなことでもやっているのだろうか。死人が出、怪我人も何人も出た。そんなことを、キドニーと叶はゲームのようなものとしてとらえているのか。どこか、二人とも醒《さ》めていた。そういう醒め方が、私は嫌いではない。

私も、知子とゲームをやった。

「俺の手を借りたら、やつは自分専用の海岸の土地に、俺の自由立入り権を認めることになってる。いつか、あいつが家を建てようと思っている土地でね」

「いまだって、自由に立ち入ってるんじゃないのかね」

「文句はつけられる。この間は、金を払えとまで言った」

「聞いたな、その土地のこと」

私は、叶にちょっと手をあげた。

「大屋荘のことを、ほかに知ってるのは？」

「俺だけじゃないが、誰が知ってるかは言いたくないな」

「危険だぞ」

「承知の上だろう。それも、俺の知ったことじゃないんでね」

私は車を出した。

マンションまで、すぐだった。部屋へ入ると、私は窓際の椅子に腰を降ろした。短い距離を歩いただけでも、右脚がひきつるようになっている。無理な体重がかかりすぎているのだろう。

「眠る、しばらく？」

抗生物質と水を持ってきて、知子が言った。昨夜は、断続的に一時間ほどうとうとしただけだ。

「椅子でいい」

「右脚を、ちょっと揉んであげるわ」

「おまえと暮すと、かなりの緊張を強いられるだろうな」

「怕くなってきた？」

「おまえが飛んで欲しいと思った時に飛ぶほど、俺はお人良しじゃないぜ」

「飛ぶわ」

ツボを心得ているのか、知子の指さきは気持がよかった。

いつの間にか、私は眠っていた。

起こされたのは、夕方だった。知子が受話器を差し出している。

「俺だよ、桜内」

いつもの、キドニーの声だった。

「すぐ来てくれないか。駄目だって気はするんだが、一応おまえに見て貰いたい。野村が唐竹割りみたいに切られててね」

「心臓が動いていないようだったら、警察を呼べよ」

「心臓は動いてる。さっきまで、意識もちゃんとあった」

「いいチャンスだぞ、キドニー。野村の腎臓《じんぞう》を貰えよ。適合性を調べてからな」

「俺の躰は、誰の内臓とも適合しない。心が、他人の内臓を弾き出しちまうのさ。あまり落ちこませるなよ。それでなくても、計算が狂って落ちこんでるんだ」

「怪我人だよ、俺は」

「金は払う」

「いらんよ。代りに、おまえの土地の自由立入り権が叶に与えられる時に、俺の名前もつけ加えてくれ」

キドニーが、場所を説明した。ひとりでも行けそうなところだった。

「スーツケースを、シティに積みこんでくれ」

知子は、黙って頷いた。

27 匕首《あいくち》

街道から、ちょっと入ったところだった。

野村は、アウディ80の座席に横たわっていた。そばには、キドニーのシトロエンCXパラスと赤いフェラーリがある。

「この車は？」

「大崎女史のさ。彼女、ドイツ車のファンでね。その点は、川中と共通する」

「どこでやられたんだ」

「わからん。お互いの車に電話が付いてて、よかったよ。でなけりゃ、明日の朝あたりのニュースで、これを知ることになった」

「侍がいるんだな、大屋荘には」

「駄目か？」

「ほとんど、もう死んでると言っていい。致命傷は、腹の方の傷だな。唐竹割りの方は、派手に見えるだけだ」

私は、野村の瞳孔《どうこう》を調べた。すでに反応が鈍くなっている。野村は、死んでいこうとしているところだった。強心剤も、もうなんの役にも立たないだろう。

「せっかく、命を拾ったのにな」

「一時的にでも、意識を戻せないのか？」

「医者を万能とは思うなよ、キドニー。万能なら、おまえがわざわざ透析を受ける必要もないんだから」

「万能であることを、心情的には求められる。弁護士も同じさ」

「もういい」

私はルーフに手をついた。もう一度野村を覗《のぞ》きこんだ。拳《こぶし》。服。注意深く点検した。

「ひとりだったのか、野村は?」

「どういう意味だ」

「なんとか車に乗りこんで、おまえに電話することぐらいはできただろう。それもやっとの思いで、気力をふり搾《しぼ》ってだ」

「相手の刃物から、止《とど》めを刺されずにどうやって逃げられたか、という疑問だな」

「激しく争った形跡はない」

「実は、助けに入ってきた人間がいるらしい。逃げろと言われたので、野村はここまで必死で逃げてきたわけだ」

「誰だかは、わからんのだな」

キドニーが頷《うなず》いた。熊笹《くまざさ》の中から叶が出てきた。

「どうだった?」

キドニーが訊《き》く。叶は黙って首を振った。なにを捜していたのか、私にはわからなかった。立っているのがつらくなってきたので、私はシティの運転席に躰《からだ》を潜りこませた。

「野村が斬《き》られたのは、この丘のむこう側でね。一キロほどしか、運転もできなかった。助けた人間は、丘のどこかにいた可能性が強い。さきにきたのが叶でね。俺の車より、フエラーリの方がやっぱり速い」

野村は、気力を奮い起こすこともなく、そのまま眠るように死んだ。キドニーが警察に電話を入れる。

「最初の一撃が、ものすごかったそうだ。来るとわかってても、避けられなかったと言っていた」

私は、坂井や寺島の傷のことを思い出した。多分、同じ人間だろう。

叶が煙草《たばこ》を差し出してきた。私は一本とって、カーライターで火をつけた。

「キドニーは、これで決め手を失ったな。寺島が死に、渡辺が植物人間で、野村も死んだ。大屋荘を決定的に追いつめることは、できなくなったわけだ」

「終りかね?」

「いや、むこうがキドニーを潰《つぶ》しにかかるさ。そこまでやらなきゃ、安心できないだろう。一旦《いったん》、対立したんだ。どっちかが潰れるまでやるさ」

「キドニーと大屋荘とは、前からなにかあったわけか?」

「よくは知らん。大屋荘の主人は、この県の地方政界を自分の影響下に置こうとしているようだ。それでキドニーと対立した、と俺は思ってる。キドニーを潰せば、自分の思いのままだろうさ」

「大物だな、キドニーも」

「川中と対抗するために、川中が関心も示さない政界と繋《つな》がってきた。何年もかけて、力は蓄えてきてるんだよ」

電話を終えたキドニーが戻ってきた。

私は車のエンジンをかけた。

「行くのか、桜内？」

「俺がいたところではじまらん。警察には、ありのままを報告すれば済むはずだ。俺は、おまえみたいな有力者じゃない。それに、野村の手術もやってる。できるだけ、関係ないところにいたいね」

「わかった。行ってくれ。無駄足を踏ませちまったな」

陽《ひ》が傾き、山間《やまあい》の道路は薄暗くなっていた。時折見える海の、沖の方だけが明るく輝いている。

野村を助けようとしたのは、誰なのか。その男は、どうなってしまったのか。大屋荘の主人が誰なのか、考えてみようとは思わなかった。政治家かもしれないし、実業家かもしれない。あるいは、黒幕などと呼ばれる、得体の知れない人物かもしれない。

どうでもよかった。私にできることは、もう一度部屋へ帰って寝ることぐらいだろう。

十分ほど走った時、パトカーと擦れ違った。仰々しく、赤色回転灯を回し、三台連なっている。井原と勝田が乗った車も、その中にいたようだった。

その直後、私はぴったりと後ろから付いてくる車に気づいた。白いクラウンだった。ほんの五、六メートルの距離で、いくらこちらが踏みこんでも離れようとしない。

下りだった。ドライブのレンジからセカンドにシフトチェンジして、エンジンブレーキを使いながら走った。ミラー一杯に、白いクラウンが拡《ひろ》がる。多分、バンパーが接触しそうな距離だ。

二百メートルほど前方に、急な右へのコーナーがある。直進して道路から飛び出すと、四十メートル近い崖《がけ》だ。そこで後ろから少しでも押されれば、落ちるしかない。

迫ってきた。ブレーキ。クラウンのフロントバンパーが、尻にコツンと当たるのがわかった。

コーナー。二十メートル。全開にした。あっという間だった。ステアリングを押さえこむ。外へふくらむ。ガードレール。瞬間的に、一度ブレーキを蹴《け》った。テイルが外へ流れる。カウンターを当てた。そのまま、横になった恰好《かっこう》でシティは進み、直線に入って立ち直った。

クラウンとの距離が、二十メートルほど開いていた。ドライブにあげ、全開にする。それでも、すぐに差を詰められた。直線でもどこでも、とにかくぶっつけようという気になったらしい。

対向車はきていた。その間を縫うように、先行車を二台ほど抜いた。ちょっと開いた差が、すぐにまた縮められる。

農道に突っこんでいった。広い道よりは、車体が小さな分だけ有利かもしれない、と思ったのだ。追ってくる。両側の畠《はたけ》。いざとなれば飛びこむしかないが、落差は二メートル以上ある。舗装が途切れた。狭い。そこを全開で突っ切った。クラウンは、畠に落ちないように、慎重に進んでいる。五十メートルは差がついた。すぐに、また舗装路になった。逃げきれない。直観的に、それがわかった。

停《と》めた。素速く飛び出す、というわけにはいかなかった。路面を這《は》って、私は路肩から自分の躰を畠に転がり落とした。

クラウンのブレーキ音。

降りてきたのは、ひとりだった。長髪で、まだ三十にはなっていないように見える。夏なのに、黒い長袖《ながそで》のシャツと黒いズボンを穿《は》いていた。

私は、畠に尻をついて、杖《つえ》を構えた。男は、ふわりと躰を宙に浮かして、畠に飛び降りてきた。口もとが、かすかに笑っている。六十センチほどの、布の袋に入った棒のようなものを右手に持っていた。長目の脇差《わきざし》だった。左手が柄《つか》にかかる。左利きだ、と私はなんとなく思った。逆手に柄を持てば、相手の右の手首は狙《ねら》いやすい。つまり、この男だ。この男が寺島の手首を切り、坂井の腕を切り、野村を殺した。

そして、私の番というわけなのか。

恐怖はなかった。杖で、男の足を払えるかどうか、考えていた。

土を踏んで、男の靴が近づいてくる。距離を測った。杖を横に払う。それより速く、男は後退してかわしていた。摑《つか》んだ土を、男の顔にむけて投げた。続けざまに投げたが、男は腕で眼《め》を覆っているだけで、よけようとすらしなかった。

呼吸が荒くなった。いまできることはなにか。男の左手が、再び柄を握った。逆手だ。斬るにも刺すにも、都合はいい。

「なぜ殺されるのか、理由だけでも教えてくれないか?」

私の声は強張《こわば》っていたが、出ないほどではなかった。ふるえてもいない。

「それとも、有無を言わさず殺すことが、おまえの愉《たの》しみか?」

「知りすぎた」

「俺は、なにも知っちゃいない」

「余計なこともやった」

「それだけで、殺すのか?」

「悪く思うな」

次の言葉は、見つからなかった。立ちあがれるだろうか。どうせ殺されるのなら、腿《もも》の傷など、どうでもいい。立ったまま殺されたい。

男がふりむいた。ブレーキ音。グレーのスカイライン。

藤木が、車から降り立った。

束《つか》の間、男と藤木は睨《にら》み合った。藤木の躰が宙に浮いた。畠に降り立っていた。麻のジャケットが、鳥のように宙を舞った。

二人の距離が縮まっていく。あるところで、二人とも動かなくなった。

薄闇《うすやみ》。張りつめた空気。息をするのさえ、重苦しかった。二人の眼が光っている。私は息を吐いた。吸った時、全身に粟《あわ》が立ったようになっていることに気づいた。

近づいてくる。なにかが近づいてくる。私にもわかった。

音をたてて、空気に亀裂《きれつ》が入った。そんな気がした。ぶつかり合った二人の、位置が入れ替っていた。藤木は短い匕首《あいくち》を、男は刃渡りの長い脇差を構えている。藤木の左腕。パクリと割れている。畠の土に、点々と血の黒い染みが落ちた。

また空気が張りつめる。すべてのテンポが、さっきより速かった。二人の躰がぶつかる。男の躰が、一瞬静止したような感じだった。離れる。黒いシャツの脇腹あたりに、濡《ぬ》れた色の染みが拡がっていく。薄闇の中でも、それははっきりわかった。

男の方に、明らかに動揺した気配があった。藤木は静かだ。

「退《さが》んな」

藤木の声だったが、別人のもののように私には聞えた。

「勝負はついたぜ。おまえが助かるかどうか、きわどいとこだ」

三歩ほど後退《あとじさ》りをした。濡れた色の染みは、さらに黒いシャツに拡がっている。傷口は、ちょうど肝臓のあたりだ。

藤木が、私に歩み寄ってきて、躰を支えた。いつ収《しま》ったのか、匕首は持っていない。

「私も、先生のお世話にならなくちゃならない。出血がひどいようです」

「車だ。あの黄色いシティ」

私は、藤木に支えられて斜面を登った。

車の中で、簡単な止血処置をした。完全に血を止めるには、やはり手術が必要だ。

「行くぜ。俺のとこで手当てだ。君の車は、ここに置いておくしかないだろう」

「無茶なさったんですね」

「足か。きのうの夜だよ。川中さんに助けて貰《もら》った。今日は、君か」

「助けたわけじゃありません。私は、あの男を追ってたんです」

「野村との間に入ったのも、君か？」

「いろんな人が動き回ってて、なかなかあの男を追いつめられませんでした。やっと追いつめたところに、先生がいらっしゃったわけで」

「すごいものを見たよ」

「抜き打ちの一撃は、よほど相手を読まないかぎり、かわせないでしょう。どこかを切らせて、刃物を抜かせるしかない」

「見ていて、躰がふるえるようだった」

「坂井も、あれにやられたんです」

「やっぱり、君の狙いも、大屋荘か？」

「東京から来た連中は、大したことはありませんが、あの男は、私がなんとかするしかなかった」

「つまり、寺島の仇《あだ》を、高村が晴らそうとした。それを、まったく君が肩代りしているということになるな」

藤木は、なにも言わなかった。市街地に入っている。

「煙草、喫《す》っても構いませんか？」

「ああ」

答えたが、喫っても怪我《けが》に差し障りがないのか、それとも知子の車の中で喫ってもいいのか、どちらの意味で訊かれたのか、私にはわからなかった。

どちらでも、喫ってどうということはない。

28　神経症

坂井の腕ほど、深い傷ではなかった。筋肉の、筋の束に沿って切られているので、傷口の割りに損傷は少なかった。わかっていて、そういう角度で刃を受けたのか、と思わせるものがあった。

「動脈が一本切られている以外、大したことはないな。見たかぎりでは、腕も落ちよ、という感じだったが」

「坂井は、とっさに腕で庇《かば》った。だからあれほど深くやられたんです」

「いずれにしても、あの男の方は、こんな簡単な手術では済まなかっただろう。手術してくれる医者がいればだが」

「いても、助かりませんよ、絶対に」

「そうなのか？」

「そういう刺し方というのは、あります」

知子が麦茶を運んできた。縫合を終えた藤木の手は、繃帯《ほうたい》が巻いてあるだけで、動かすのにそれほどの支障はなさそうだった。

「左利きだったな」

「よく見ておられます。それも、相手の意表を衝《つ》くことになります」

「野村は、助けられなかったのかい？」

「無理でしたね。あの場から逃がすので、精一杯でした。先生がいらっしゃらなかったら、あの男も一旦は引きあげたでしょう。本気で私とやり合う気はなかったでしょうから」

「狙っていたのは、野村だろう？」

「先生もですよ。野村には止めを刺さずに逃げられたが、そこで先生の姿を見つけた。ツイてる、とあの男は思ったでしょう」

「事態がどうなってるかわからないまま、深く巻きこまれちまったみたいだね」

「おわかりですよ。先生は、ほとんどのことがおわかりのはずだ」

私は煙草をくわえた。

「火、あるかい？」

藤木は、ライターを出さなかった。『ブラディ・ドール』のマッチの火を差し出してくる。

私は知子に言って、化膿《かのう》止めの抗生物質と鎮痛剤を用意させた。この二種類の薬は、今月に入ってかなり出ている。

「そろそろ、終りに近づいてるのかな？」

「多分」

「高村は、あの男が死ぬということで、納得するのか？」

「しないでしょう」

「寺島になにか聞いてないか、としつこく訊かれた。ほんとうに、なにも聞いてないんだ。渡辺からは、オオヤという言葉だけ聞いた」

「それで、大屋荘を」

「キドニーも叶も、はじめからあそこに眼をつけていたようだがね」

「高村は、知らないようでした。美竜会の線を疑っていたようです」

知子から薬を受け取ると、藤木は腰をあげた。私と知子に頭を下げる。なにか言おうと思ったが、言葉は見つからなかった。ドアから出ていく背中を、黙って見送っていただけだ。

「惹《ひ》かれたわね、あの男に」

「俺がか？」

「生涯の恋人にでも会ったみたいに、あなたはあの男に惹かれたわよ。治療の仕方を見ていて、それがよくわかった」

知子は、私の隣りに腰を降ろし、皮肉の入り混じったような眼をむけてきた。

「医者だぜ、俺は」

「それ以前に、人間でしょう」

「おまえと暮すってのは、地獄かもしれんな。男にまで嫉妬《しっと》されたんじゃ、うかうか人と喋《しゃべ》ったりもできない」

「嫉妬なのかな」

「そうさ。違うという声がどこからか聞えるだろうが、聞えれば聞えるほど、嫉妬ってやつだ」

「地獄は、怕《こわ》い？」

「いや」

「張り合いのない男ね」

私は、ソファに横たわり、知子の膝《ひざ》に頭を載せた。眼を閉じる。知子の手が、軽く私の髪を撫《な》でた。

「危険な男よ、藤木さんって。死んだ前の男も、あの人だけは怕がってたわ」

「藤木は、認めてたがな」

「それでも、怕がってた。なにかされるとか、そんなことじゃなくね。男だけが、わかるような、危険な雰囲気があるんだと思う」

「俺は、キドニーや叶の方が、ずっと怕いような気もするな」

「あの二人は、わけのわかる怕さよ。多分ね。どうでもいいわ。怕いからといって、なにかするわけでもないんだから」

「怕くて、おまえは藤木とほとんど喋らなかったのか？」

「あなたと喋ってたじゃない」

「わからん女だよ、まったく」

腿の痛みなど、知らないうちに消えていた。

これから、何か月か何年か、この女と暮すことになるのだろうか。暮している間に、ほんとうはどういう女なのか、わかってくるのだろうか。それとも、もっとわからない部分が見えてくるのか。

愛とか恋とかいうものとは、やはりどこか違う。抱くためだけの女だ、という気持もない。

少しずつ、自分がまどろみの中に落ちていくのがわかった。現実と夢の境。陰毛が半分白くなった老人の股間《こかん》に顔を埋《うず》めている、母親の姿。現実だったのだろうか。母親の顔が、次々と私が関係してきた女たちの顔に変る。それだけだった。私は、わずかに現実の方に引き戻された。

学生のころ、よく見た夢だ。二十五を越えてから、ほとんど見たことはない。こういうこともあるさ。そう思っただけだ。なぜいまごろ、などとは考えなかった。私の頭を膝に載せたまま、知子は眠ってしまったようだった。

次に眼醒《めざ》めたのは、電話のベルだった。

上体を起こそうとする私を制するようにして、知子が受話器をとった。

「来てくれないか」

キドニーの声は弱々しかった。

「怪我か？」

「俺を、看て貰いたい」

「どこなんだ?」

「わからない。ただ、ひどく気分が悪い。いやな感じがするんだ」

怪我をした、というわけではなさそうだった、急病ということか。透析を受けてなければ、尿毒症を起こしかかっている、とも考えられる。

「症状を言ってみろ」

「とにかく、気分が悪い。どうにかなっちまいそうだ。脈がひどく速くて、乱れてる。胸も苦しいような気がする」

「なにか、薬は呑《の》んだのか?」

「なにも。ひとりでいられない、という気分だよ。冷房をかけてるのに、汗も出てる」

「どこにいるんだ、いま」

「事務所だ」

「こんな時間まで、仕事か。まあ、いい。ソファに横になってろ。躰を締めつけるようなものをみんな緩めてな。落ち着くようにしろよ。十分で行く」

「助かるよ。救急車を呼ぼうか、とまで思ったんだ」

受話器を置き、杖をとって立ちあがった。午前三時を回ったところだ。

「手術なの?」

「いや。キドニーが病気さ。もともと病気を持ってる。それに、なにか変化が加わったのかもしれん。不安感が強いようだ」

「あたしは？」

「来なくていい。ひとりで手に負えないようなら、キドニーが透析を受けている病院へ運ぶよ」

靴を履き、ドアを開けた。内科に必要なものだけを、小さな鞄《かばん》に入れ替えて、知子が車まで持ってきた。いまの私でも、片手で運べる重さだ。

街に、ほとんど車はなかった。

十分で、キドニーの事務所のあるビルの前に着いた。

キドニーは、自分のデスクの椅子《いす》に腰を降ろしていた。ひどい顔をしている。血圧を測り、脈を数えた。

「心臓に、ストレスが集中したってとこか」

私は、注射器を一本準備した。

「それは？」

「まあ、強心剤だとでも思え。心臓の負担はずっと軽くなるはずだ」

大人しく、キドニーは腕を出した。上腕二頭筋に、遠慮なく突き刺してやる。

「命に別条はない。残念だが」

「なんだと」

「おまえが、死の瀬戸際に立った時、どんな科白《せりふ》を吐くか、聞いてみたかったよ」

私が打ったのは、中程度の鎮静剤だった。キドニーは、精神から来るものを、肉体で過大に感じている、という状態にあった。継続的なものではない。それは、日ごろのキドニーを見ているからわかる。

「予後は？」

「意外に心配性だな。おまえがいま感じている緊張感、重圧感みたいなものが消えないかぎり、予後なんてない。つまり病気は進行中ってわけさ。消えたら、予後もなにも関係なく、拭《ぬぐ》ったように元に戻る」

「つまり、精神的なものだな」

「そうだ」

私はソファに腰を降ろし、煙草に火をつけた。デスクの上はきちんと整理されていて、仕事をしていたという気配はない。

「ひどく不安だった。死の恐怖を感じた、と言ってもいいくらいだ。これでも、俺は生きる執着が強いのかもしれん」

「ひとりでいるのが、よくない。夜もな。静かすぎるのも、駄目だ。一番いいのは、よく眠ることだな」

「おまえが来てくれた瞬間から、かなり楽になったような気がする」

髭《ひげ》がのびている。それは私も同じだろう。私は、右の腿を自分でマッサージした。やはり、右脚に負担がかかりすぎている。じっとしていれば痛みはないが、左脚を踏ん張ると、腰のあたりまで痺《しび》れたようになる。

「自分で自分の脚を切り開く時っての、どういう感じなんだ?」

「わからん。一度しか経験がなくて、夢中だったから」

「おかしな男だよ」

「自分のことを、棚にあげるな、キドニー」

キドニーは、落ち着いたようだった。

「藤木という男について、知ってるか?」

躰の話題など、まだやめておいた方がよさそうだ。キドニーが、パイプに葉をつめた。それで落ち着くのなら、煙ぐらい吸った方がいいだろう。しかしキドニーは、火をつけようとはしなかった。

「もともと、『レナ』のバーテンだった。東京から流れてきたのさ。そして『ブラディ・ドール』のマネージャーになった」

「そんなことは、知ってるさ」

「川中との結びつきは、なんというんだろうな。肉体関係のないホモ・セクシャル。そんなのが、ぴったり来るかな。坂井にも、近いところはある」

「わけのわからない、迫力があるな」

「何人も、人を殺した人間というのは、そうなんだろう。筋者《すじもの》の世界で生きていた男だよ。それだけじゃなく、あの世界で言う、親と兄弟を殺して、そこからも弾《はじ》き出されちまった男さ」

「よく、無事でいられるもんだ」

「何人も、藤木を殺しに来たよ。本名は立花《たちばな》と言うんだがね。返り討ちってやつさ。逃げ隠れはしてない。堂々と迎え討ってる。それについては、俺もすごいと思ってる。つまりは死んでるんだ。この街に来た時から、やつは死んでたよ」

「女は？」

「いないね。金を払って遊ぶくらいだろう」

「いつかは、殺されるんじゃないのかな、そんなことをしたんなら。だから、女も作らない」

「なぜ女を作らんのか、そういうことは知らんがね。一時流れていた廻状《かいじょう》も、うやむやになった。やつがいた組が、なくなっちまったんだ。それでも、刺客は来たよ。坂井も、そうだった」

「坂井もか」

「どこでどう間違って、『ブラディ・ドール』のバーテンになっちまったか、調べりゃ面白いぜ、多分」

キドニーが、パイプに火を入れた。強い香りにも、いつの間にか馴《な》れてしまったのかもしれない。大して気にならなかった。

「川中ってのは、不思議な男さ」

「ほかにも、変ったのが沢山いる」

「それも、川中がいるからだ。俺は、やつが嫌いだがね。なぜ、あれほど人を魅《ひ》きつけるのかと考えると、ムラムラしてくる」

「やめておけよ、男の嫉妬は」

キドニーが笑った。どこか陰惨な感じのする笑顔だ。私も煙草に火をつけた。部屋の中には、霧のように煙がたちこめている。

「俺は、川中に対してだけ嫉妬しているんじゃない。健康な人間に嫉妬しているのさ」

「程度の差はあるが、人間は大抵不健康なもんだ。肉体が健康でも、精神が不健康ということも、よくある」

「やめないか、こんな話」

「そうだな」

「不良の医者なら、不良の医者らしくしてりゃいいのさ。間違っても、川中を好きになったりはするなよ。これは、忠告でもあるがね」

「だからって、おまえを好きになれと言うのか、キドニー？」

「はっきりものを言う男だ」

キドニーは、煙を吐き続けている。部屋の中の霧は、いっそう濃くなった。

「ところで、キドニー。気分はどうだ？」

「治まったね。脈の乱れも、きれいに治まったような気がする」

「俺が打ったのは、強心剤でもなんでもない。ただの鎮静剤さ」

「ひどい医者だ」

「誠実な医者だよ。こんな場合、鎮静剤だったと告白することは、実は逆効果なんだ。もうなんでもありませんよ。したり顔でそう言っておしまいだぜ」

「わかったよ。俺が精神的な重圧に参りかけていたってことは、よくわかった。自分で克服すべきものだった、とおまえは言いたいわけだ」

「人間は、弱いものだ。大抵の場合はな。そうじゃないこともあるが」

「もういい。ところで、コーヒーでもやるかね。これでも俺は、コーヒーにかけちゃ一家言あってな」

「やめとこう。宇野法律事務所のコーヒーには、もう懲りてるよ」

「まあ、試してみろって。俺が自分で淹《い》れたコーヒーを飲める人間なんて、いままでひとりもいなかったと言ってもいい」

キドニーが腰をあげた。

私はソファの背凭《せもた》れに全身を委《ゆだ》ねると、眼を閉じた。

キドニーが置いたコーヒーで、私は眼を開いた。悪くない。たちのぼってくる香りで、それがわかった。サイホンで、凝った淹れ方をしているようだ。

豆も吟味している。ひと口で、それもわかった。

「おまえの秘書が出す、あのコーヒーはなんだ？」

「うまさを際立たせるために、まずいものの存在価値も認める。それが、俺の哲学でね。物、食物、人間、みんなそうだ」

三十分ほど、キドニーの講釈を聞いた。大した反論はしなかったが、ちょっと口ごたえをしただけで、キドニーはほとんど感情的な議論をはじめてしまう。

電話が鳴った。

手をのばした姿勢のまま、五度コール音を聞き、ようやく受話器をとった。

「わかった。よくわかったよ」

キドニーは、そう言っただけだった。

放心したように、しばらくぼんやりしていた。指さきが、神経質にデスクを叩《たた》いている。

私は欠伸《あくび》をひとつ洩《も》らした。

「付き合わないか、桜内」

「どこへ?」

「おまえが、自由立入り権を求めていた、俺の土地さ。海が、多分きれいに見えるだろう」

私は、喫いかけの煙草を消して頷いた。

29 俺の海

海際まで歩くと、そこは砂浜ではなく岩場だった。

波が岩に打ちつけ、砕ける。その白さが、闇の中で見分けられるほどの明るさになっていた。空は晴れているようだ。また、暑い日になるのだろう。

「あの女と暮すのか、桜内?」

「そういうことになりそうだ」

「惚《ほ》れたのか?」

「わからん。俺もあの女も、わからないままだろう」

「そういうもんなんだろう、男と女は」

キドニーは、岩のくぼみに腰を降ろした。肘《ひじ》かけ椅子のような感じで、前に拡がる海も見渡せる。飛沫《しぶき》は、よほど海が荒れていないかぎり、かかりそうもなかった。

私がいるのを忘れたように、かなり長い時間、キドニーは明るくなっていく海を見ていた。沖の方の海面が輝き、海と空の境界の区別がはっきりしてきた。

パイプ煙草の煙が、漂ってくる。それは、部屋の中ほど強烈ではない。船もいない海だった。私も、岩の出っ張りに腰を降ろした。風が熄《や》む時刻なのだろうか。この街に来てからのことを、私は思い出していた。つまらない街だった。それが、この二週間ほどの間に、何人もの男と出会ったことで、すっかり変ってしまいそうになっていた。何事もなく、細々と公にできない怪我人の手当てなどをして、二、三年でまた別の土地に流れていく。そうなりそうな予感は、いまはすっかり消えてしまっている。

この街にあるなにかが、自分を惹きつけている。それがなんであるのか、私にはわからない。知子に惹かれるのと、似たようなところもあった。

街に恋をしたのか。そんな気もした。

「俺は、自分に禁じていたことを、ついにやってしまったよ」

キドニーの声は、波の音に紛れてよく聞きとれなかった。

「なにをやっても、最後の最後のところでは、俺の手はきれいだったものさ。それが、誇りでもあった」

「手を汚すことが、大事な時もあるぜ。なにを嘆いているのか知らんが」

「自分のために手を汚す。救ってくれる感情は、なにもないな」

「じゃ、自分を責めるさ」

女々しい言い草は、好きではなかった。使いものにならなくなった腎臓《じんぞう》を、ひけらかして生きている男。キドニーはそれでいい。

「手術に失敗したことは、桜内？」

「ないね。死なせてしまった人間は、何人もいる。しかし、失敗したからじゃない。そう考えないと、手術なんてできるもんじゃないさ」

「俺は、犯罪者とわかってる人間を、何人も世の中に放してやったよ」

「後悔しているのか？」

「まさか。弁護士の勲章さ」

「自分に禁じていたことというのは？」

「つまらんことさ。誇りなんてものも、もともとなかったものだと、俺はいま思いはじめている。すると、逆に自由になったような気分もあるな」

「俺はある時から、自分にタガをはめたりはしなくなった。理由はないぜ。その方が楽だ、と思っただけかもしれん」

「頑丈なタガが、おまえさんにはあるよ」

「そうかな」

「リゾートマンションに連れていかれたろう。そして袋叩きにされた。それでも、おまえは立ちあがろうとだけした。訊かれたことには、絶対に答えずにな」

「それを、タガと言うのか？」

「多分な」

「それにしても、よく知ってる。叶は、俺がやられるところを、眺めていたんじゃないのかな。そして、ギリギリのところで助けた」

「やりかねん男だな」

いつの間にか、明るくなっていた。斜めからの光線で、海は金色に輝いている。

キドニーは、また黙りこんだ。背中に、疲れが滲《にじ》んでいる。むくんだ顔から、瘦《や》せた躰は想像しにくかった。夏の一時期だけ、この男は躰の線を露《あらわ》にするのかもしれない。

「川中さんのように、屈託のない生き方ってのが、羨《うらや》ましいんじゃないのか？」

「言っておくが、川中は屈託だらけの男さ。俺よりもずっと、屈託を抱えこんで、どうしようもなくなって、子供のように笑うんだ」

「そう感じたこともある」

「人間にとって大事なものは、なんだ、桜内。誇りか、力か、野心か？」

「いきなり、言わんでくれ」

「男が二人で、朝の海を眺めながら喋ることでもないな」

キドニーの口から、濃い煙が流れ出してきた。

「この街で、俺が唯一好きな場所が、ここさ。この岩を自分のものにするために、ここの土地を買ったようなものだ」

「なぜ、俺をここへ？」

「怕《こわ》かった。ここから眺める海が、つまらないものに見えるかもしれない、という気がした。誰かそばにいれば、いくらか紛れるだろうと考えただけだ」

「それで、紛らわせられたかね？」

「必要なかった。ここから眺める海は、いつもと同じ海だったよ」

「帰れって言ってるように聞えるぜ」

「正直なところ、そうなんだ」

「勝手な男だ。俺は怪我人なんだぞ。それに、おまえの車はない」

「構うなよ。俺には脚がある」

私は腰をあげ、杖を左腕の肘の両側に固定した。松の生えた砂地を横切って、車まで戻らなければならない。

「ありがとうよ、桜内」

「貸しにしておこう。俺も、いつ泣くかわからんし」

砂地は歩きにくかった。杖がどうしても不安定になる。

車に乗りこんだ。キドニーの姿は、岩に隠れて見えなかった。

夜明けの道を、私はマンションまで突っ走った。左脚を使えない時は、オートマチック車は実に便利だ。

知子は、起きて私を待っていた。

「感動するな。わが家へ帰ってきたという気分になるぜ」

「潮の匂《にお》いがするわ」

「キドニーと、夜明けの海を眺めに行った。男二人でやることじゃないがね」

「眠るんでしょう。その前に、躰を拭《ふ》いた方がいいわ。ガーゼの交換もしたいし」

知子が、私のシャツを脱がせはじめる。私は、されるままになっていた。ソファのところには、まだ私の流した血の染みが残っている。ガーゼには、わずかな血の染みしかなかった。

「きれいに塞《ふさ》がってるみたい」

「俺が、自分で縫ったんだ」

「むこう傷が、やっとひとつってとこね」

「おまえの男にしちゃ、少ないだろう。だけど、これ以上自分から求めようって気は、俺にはない」

「懲りたってわけね」

「ほんとに傷つくのは、躰じゃないってことがなんとなくわかった」

知子は、私の躰の隅々まで丁寧に拭った。それから傷口の消毒をし、ガーゼを当てて繃帯を巻いた。

「さっき、うとうとしてて、夢を見たわ。蒲生の叔父さんが出てきた。なんだか、とても元気がよくて、船団を作るなんて言ってた」

「船団？」

「夢だから。マリーナにいる船を全部、並べて走らせてみたかったんじゃない」

「あの人を、よく知る機会はなかった」

私はベッドに横たわった。

ダブルサイズのベッドを買うべきなのだろうか。それとも、もっと広い部屋に引越した方がいいのか。私のベッドは、二人で寝るにはいかにも狭すぎた。

「眠れるとしても、二時間足らずか」

「かえって、眠らない方がいいかもね」

「俺も、そんな気がしてた」

知子が、ちょっとほほえんで明りを落とし、シャツを脱いだ。

知子を抱くのは、二度目になる。二度目に女の裸を見ると、これまで大抵疎ましいような気分になったものだ。

眼を閉じた。浮かんでくるものは、なにもなかった。ちょっと、切なさに似たような気分があるだけだ。

眼を開いて、知子の躰を見つめた。疎ましいような気分は、どこにもない。

「じっとしてて、あなたは」

知子の躰が、ベッドに入ってくる。

体温が、私の躰に伝わってきた。男と女が一緒にいるというのは、こういうことなのか。伝え合う体温。触れ合う肌。

「海がきれいだった」

「そう」

知子の吐息が、私の首筋のあたりに触れた。眼を閉じ、私は夜明けの海を思い浮かべようとした。うまく浮かんでこない。

「遠いな、まだ」

「なにが？」

「俺の海」

「じっとして。動かないで」

知子の手が、確かめるように私の顔に触れてきた。

海は、まだ見えてこない。

30　懺悔《ざんげ》

勝田という、若い方の刑事がやってきたのは、正午少し前だった。

「また、尋問でもする気かね。それとも、俺のボディに一発来るのかな?」

「東京へ引き揚げます」

「ほう」

午前中は、四人の患者が来た。実のところ、開業する場所としては悪くない。最近になって、私はそのことに気づきはじめた。設備を整え、もっと熱心な診療態勢を敷いたら、繁盛する病院になるかもしれない。

「何事もなく、帰っちまうわけか」

「こうなっちまったらね。この街にいる意味がなくなりました。寺島殺しの容疑者は、一応挙げたことだし」

「なんだ、片が付いたのか」

「ダミーみたいなもんですよ。但馬文明《たじまふみあき》がこうなっちまったんじゃ、ダミーを挙げるしかないじゃないですか」

「誰だ、それは?」

「知らないんですか。山ひとつを別荘にしてる男がいましてね。大屋荘という名前です」

大屋荘を知っても、私はそこの持主が誰なのか、調べようともしなかった。探偵の真似《まね》をする趣味はない。躰を晒《さら》してみよう、と思っただけだ。

「どうしたんだ、その但馬文明が？」

「早朝、狙撃《そげき》されました」

「何時ごろ？」

「ニュース、見てないんですか。四時前後ですね。銃声は一発だけ。それもかなりの距離からと見られています。プロですね。但馬文明は四時ごろ起きて、三頭の犬と戯れる習慣があるんですよ。ほんとは散歩なんだろうけど、山ひとつが庭ですからね。放していてもなんの支障もない」

一発で、人が殺せるものなのだろうか。銃弾の摘出は、何度もやった。三発、四発と食らっていても、死にはしない。それも、大して離れたところからの銃弾ではない。事実、私も腿に一発食らった。

「小さな口径のライフル弾でした。ものの見事に、額の真中から入って、後頭部に抜けていました。唖然《あぜん》とするぐらいの腕ですね」

「距離は？」

「およそ三百メートル」

「馬鹿な」

「ほぼ、狙撃位置は特定されました。ブッシュに人の入った跡がありましてね。犬で追ったんですが、途中で匂いは消えた。但馬の犬は、三頭とも警察犬の訓練を受けたドーベルマンだったんですよ」

「三百メートルだと、犬は気づかないものかな？」

「どうなんでしょう。犬が、特に騒いだ様子はなかったそうです。若い者も、但馬が起き出す時間に三人起きてきましてね。庭の掃除なんかをやってた。四時といえば、やっと人の姿が見分けられるぐらいの時間ですよ」

「但馬ってのは、何者だい？」

「それも御存知ない。説明しろと言われると、実は困るような人物なんですが、肩書は二十いくつかあります」

「つまり、そういう男か」

「寺島、渡辺、野村の三人が、ＳＡ商会が投資家から集めた金を横領したということにされた。三人とも潰された。渡辺は植物人間として生きてますが。ＳＡ商会と但馬の繋がりは、かなり強いものだった。このあたりの話になると、われわれも曖昧《あいまい》なものしか摑んでないんですが」

「つまり、君らは但馬を挙げたいと思ってたわけか」

「追いつめよう、とは思ってました。三人をきれいに処分できなかった。それは、やつらにとっちゃ破綻《はたん》ですからね。少々の無理をしても、追いつめるつもりでした」

「御本尊が死んじまったんならな」

「但馬は安全になったんですよ。三人の口は塞いでしまいましたしね。解せないのは、そこでなぜ、消されなきゃならないのか」

「今度は、そっちを調べていったら」

「無理ですね。こういう事件は、うんざりするぐらいいろんな繋がりがあるもんですが、一か所切れると、そこで終りです」

立ちあがろうとした勝田を押さえて、私は肩の傷を調べた。抜糸をするのは、まだちょっと早いようだ。化膿はしていない。

「権力が、嫌いみたいですね」

「それを振り回すやつが、嫌いなのさ」

「効果的な場合もあるんです。後ろ暗いところがある人間には。看護婦さんまで、揃《そろ》って警官嫌いなんだから」

「昔は、警官とやり合ったこともあるんだと思う、うちの看護婦は」

知子は、無表情にガーゼの始末をしていた。新しいガーゼを当てる。勝田という刑事を、私は好きでも嫌いでもなかった。これまで会った人間のほとんどが、好きでも嫌いでもない。この街に来て、それが少しだけ変ったような気もする。

「午後は休診だな」

「またですか？」

診察室の中では、知子は看護婦の口調でしか喋らない。

「緊急の手術ってことにでも、しておいてくれ」

午前中、四人も患者が来たのだから、午後はゼロになってしまうかもしれない。

そんなことより、確かめておきたいことがあった。

知子の黄色いシティに乗りこんだ。私のブルーバードを、知子が使うという恰好になっている。マニュアル・ミッションをはじめは嫌がっていたが、馴れたようだ。

シティホテルのレストランで、昼食を済ませた。キドニーの事務所で、女の子を相手に一時間ほど粘ってみたが、戻ってこなかったのだ。

左脚は、きのうよりかなり楽になっている。それでも、あと一週間は杖を使った方がよさそうだ。

海岸通りに出た時、ホテル・キーラーゴへ行くか、『レナ』へ行くか、ちょっと迷った。反対方向になる。コーヒーを飲んでいなかったことを思い出して、私は右にハンドルを切った。シティホテルのコーヒーは、完全にアメリカンスタイルだ。

梅雨は明けたのだろうか。やはり暑い日だった。海岸通りを行く車も、増えている。それも、他県ナンバーが多い。

　あまりスピードを出さないように注意した。この時期になると、地元の警察は、騙《だま》し討ちにも似たスピードの取締りをやる。去年、この街に来たばかりのころ、それで引っかけられた。怪我人のための、緊急の往診だ、と言った。文句があるなら、往診が終ってからにしてくれと言うと、警官はあっさり見逃してくれた。カモはほかにもいくらでもいて、面倒なことをやるより、新しいカモを捕えた方が効率がいいのだ。

　駐車場に、車はなかった。

「足、どうしちゃったんですか？」

　カウンターから、安見が立ちあがって言った。

「もう夏休みか？」

「また言ってる。いま、期末試験で、午前中で終りなんです」

「ふうん。勉強せずに、バイトかね」

「試験の前に勉強しなきゃいけないのは、日頃サボってる人。あたしは、ふだんの実力で受けて、充分なんです。見くびらないでくださいね」

　私は苦笑し、カウンターの中の秋山の女房に挨拶《あいさつ》して、窓際の席に腰を降ろした。

「遠山先生の手、ずいぶんよくなったみたい。絵が描《か》けそうだとおっしゃってました。でも、蒲生のおじさんが亡くなったんで、なんだか淋《さみ》しそうだった。ひと月間、葉巻を喫わないんですって。土崎のおじさんと二人で、ひと月分の葉巻を、全部燃やしちゃったみたい」

「君は、蒲生さんにかわいがられたのか？」

「若い女の子には、やさしかったの。あれでね。でも、ボートには乗せて貰わなかった。トイレが付いてないのよ、蒲生のおじさんのボート」

安見が、言いながらテーブルに灰皿を置いた。

「さっきまで、叶さんがいたわ。来る途中でフェラーリと擦れ違ったでしょう」

私は、曖昧な返事をした。フェラーリとは出会っていない。ということは、反対の方向に行ったということなのか。

「ひとりが、好きなんだ、俺は」

「叶さんも、同じこと言ってた」

安見が笑ってカウンターに戻った。そこで試験勉強をしているらしい。

私は、窓の外の海に眼をやった。潮流の関係で遊泳禁止区域になっていて、泳いでいる人の姿はない。波間の漁船も、見え隠れしていた。

コーヒーが運ばれてきた。やはりいい香りだ。海を眺めながら、私は少しずつコーヒーを口に運んだ。

この街は、やはり私を魅きつけはじめている。うまいコーヒーがあるからでも、面白い男たちがいそうだからでもない。私自身が、面白い男になれそうな街だった。自分が、いままでそうなのだと思いこんでいた自分とは、まったく違う自分を発見できそうな街だ。

風もなく、陽射《ひざ》しだけが強い。

コーヒーを飲み干すと、私はカウンターに金を置いて、日盛りの中に出た。

街とは反対の方向にむかって、車を走らせる。

キドニーの土地。私有地につき立入禁止という立札がある。松林の中に、フェラーリの赤い車体が認められた。

叶は、キドニーが腰かけていた岩に、同じ姿勢で腰かけていた。

「海が、懺悔聴聞僧《ざんげ》か」

言うと、驚いた様子もなく叶がふり返った。

「この土地の自由立入り権を持っているのは、俺とキドニーだけだ」

「邪魔かね、俺は？」

「懺悔がどうのと言ってたな。俺には関係ないな。懺悔するくらいなら、殺し屋なんかやってないさ」

「冗談じゃなかったんだな。俺は、殺し屋の旦那《だんな》と、いつも冗談で呼んでたよ」

「いまの日本で、俺ほど訓練されたプロは、多分いないだろう。ナイフ、拳銃《けんじゅう》、ライフル。それだけじゃない。細紐《ほそひも》も使えるし、ゲリラがやるような罠《トラップ》も作れる。爆薬を扱わせてもプロさ」

「警察には、追われないのか?」

「証拠は、なにもない」

叶は、また海に眼をやった。私は、今朝キドニーといた時に腰を降ろした岩に、同じ姿勢で腰を降ろした。

「人間には、死ぬ時期というやつがある。若かろうが、歳《とし》を取っていようがな。自分の人生の幕が降りる時期さ。どんなふうに降りるかは、はじめから決まっている。俺はただ、幕を引く役を演じてるだけだよ」

「勝手な御託《ごたく》だな」

「人生のすべては、勝手な御託で成り立っている。とすれば、最後の幕も勝手な御託で引かれるわけさ。当然じゃないか」

「なるほど」

「良心の呵責《かしやく》とか罪の意識とかは、俺を雇った人間に任せることにしてるのさ」

「失敗したことは?」

「ないね。幕が降りるのは、その時期だからだ。時期が来てなけりゃ、依頼人なんてのも出てこない」

「やっぱり、よく喋る殺し屋だ」

「前に言わなかったかな。俺は沈黙というやつには耐えられない」

「聞いたような気もする」

私は煙草に火をつけた。

幕を降ろすただの道具。そう言いながら、叶はここで海を眺めている。ただ眺めているだけで、海に自分の姿などを映してはいないのだろうか。

「キドニーは、かなりこたえてるようだ」

「だろうな。但馬文明を潰さないことには、キドニーが潰された。単純に、それだけのことなんだ。この県の政界に、但馬が影響力を持とうとしてきたからな。なにか、政治レベルで、この県に蜜《みつ》が湧《わ》いてる気配なんだよ。但馬は、当然、キドニーと手を結ぼうとした。表面的には、キドニーもそれに応じていた。そして、肚《はら》の探り合いをしてたのさ」

「寺島の事件は？」

「東京で、別個のものとして起きたものだ。それに但馬が関係していると、あとでわかってきた。キドニーにとっちゃ、願ってもないチャンスだった。しかし但馬は、三人の口を塞いじまった。結果として、敵対している但馬とキドニーが明瞭《めいりよう》になった。顔で笑って握手する、なんてことじゃなくなったんだな」

「どっちが先に殺《や》るか、という段階に入ったわけだ」

「但馬も、大貫《おおぬき》という、日本刀を使うプロを抱えていたよ。そいつが、やられた。俺じゃないぜ。車の中で、刺されて死んでたんだ。大屋荘の近くさ。但馬が、手当てをしてやらなかった、という可能性も強い。道具というのは、あくまで道具だ。毀《こわ》れりゃ、捨てちまうのさ」

必ず死ぬ、と言っていた藤木の言葉を、私は思い出した。大屋荘まで、車で戻るのが精一杯だったのだろうか。そして、但馬は手を差しのべてはこなかった。

「何人も、死人が出たな」

「キドニーが苦しんでいるのは、但馬を殺した件だけだね。その苦しみについては、俺は知らん。キドニーの夜が、これから長くなるというだけのことだ」

「医者と、似たようなものだな」

「そうかもな」

「趣味が、金魚の飼育と言っていなかったかな」

「魚は喋らん。囀《さえず》りもしなけりゃ、吠《ほ》えもしない。そのくせ、生きて動き回っている」

「だからか」

「趣味に、ほんとうのところは、理由なんかないさ。おまえが、あまり公にできない怪我の治療をするのにも、大した理由はないんだろう、ドク？」

「確かに、考えればあれは趣味だ」

「もう、終りかね、俺への質問は？」

「質問という気分はなかった」

「仕事以外では、滅多に人は殺さんよ、ドク。仕事も、無闇《むやみ》に引き受けるわけじゃない。俺が引き受ける気になった。それは、その人間の人生の幕が引かれる時期だった、ということなんだ」

私は、自分が金魚を飼っている姿を想像していた。新しい趣味を、持ってもいい時期なのかもしれない。西洋哲学の本も、このところ開いていない。

「この土地に入る権利は、やっと獲得した。キドニーは、この件に関してはひどくシビアだったんでね。これから、大いに使ってやろうと思ってる」

叶が笑った。私はもう一本煙草に火をつけた。沖に、漁船の姿がいくつか見える。それを縫うように、白いクルーザーの姿も見えた。

「俺はしばらく、出かけるよ、ドク。東京の女に会ってやらなくちゃならん」

「女か」

「悪いもんじゃない、と俺は思ってる」

煙が、叶の方へ流れていった。私は、指さきで煙草を弾き飛ばした。

31　レクイエム

六時半ぴったりだった。

川中は、ドライ・マティニーのグラスを呷《あお》ろうとしているところだった。坂井は、赤いベストを着てカウンターの中にいる。

私を見て、川中が人懐っこく笑った。

「全部終りかね、川中さん」

「らしいな。大屋荘にいた但馬が死んじまったんじゃ。よく考えると、全部あそこに結びついてたわけか」

「大物だったってわけだ」

「但馬が、このあたりでいろいろやりはじめたのは、最近のことなんだがね」

女の子たちの出勤時間でもあるらしい。入口のあたりで、呼び交わす声が聞える。店の中を通らずに控室へ行けるのか、姿は見えなかった。

「狙撃されたそうだね？」

「小口径のロングライフルだ。それも相当長距離から狙って、見事に頭を撃ち抜いてる。絶対の自信があって、狙撃者は引金を引いてるね」

川中が、叶という男の本来の職業を、知っているのかどうか判断はつかなかった。知ったからどうということも、この男にはなさそうだ。

「脚の具合は？」

「もうしばらく、杖は離さない方がよさそうだ」

「松葉杖ってのは、見たことあるがね。最近はこんなものを使うんだな」

アルミ製の、軽い杖だった。

「酒は、いいのかね？」

「飲んで痛くなれば、やめておいた方がいい」

「それで？」

「飲んでみなきゃ、わからないんだ」

川中が、声をあげて笑った。坂井が黙ってターキーのオン・ザ・ロックを差し出してくる。私は、グラスの中で氷を鳴らした。一、二杯の酒が、傷に響くとは思えなかった。

「俺も、もう一杯だ、坂井」

言われて、坂井は黙って頷いた。右手の動きは機敏で、シェーカーの振り方も、片手で様になっていた。カクテルグラスに注がれたドライ・マティニーを、川中はひと息で飲み干した。

「マネージャーは、休みかね？」

「心が風邪をひいちまった。俺はそう思ってる」

「心ね」

「キドニーが言えば、似合いそうな科白だがね。藤木が風邪をひくというのは、重症であることは確かだ」

坂井の耳が、私と川中の会話に集中している。そういう気がした。煙草をくわえると、坂井がマッチの火を出してくる。

「ライターがいい。それもジッポの火だ」

「ライターは持っておりませんので」

「この間は、藤木のライターを持ってたじゃないか」

坂井の表情は変らなかった。私は、自分でマッチに手をのばして、火をつけた。

「片手でつけるなら、ライターの方が便利だぜ」

「ライターは、持っておりません」

聞いているのかどうか、川中はなにも言わなかった。

「気になるんだ」

「なにがです？」

「君が、藤木のジッポを持ってたってことがさ」

「ライターは、持っておりません」

「いかんのかね、気にしちゃ？」

答えず、坂井はグラスを磨きはじめた。

口あけの客が三人で入ってきた。ＢＧＭがかかり、女の子たちも何人か出てきて、店の中は賑《にぎ》やかになった。音楽は、やはり古いジャズだ。

「俺は、なんとなく藤木という男が好きになってね。命も助けられた」

「持ってませんよ、桜内さん。いくらおっしゃられても、持ってないものは出せません」

「ライターは、もういいさ」

坂井が頷いた。川中は、相変らず黙ったままだ。

「この街の騒ぎは、もう終ったんだそうだ。東京から来ていた刑事も、引き揚げた。だが、俺は藤木という男のことが気になる。なぜだかわからんがね」

「私に、それを言われても」

「そうだな」

私はグラスのウイスキーを呷った。

キドニーは、いまごろ眠っているのだろうか。叶は、ひとりで金魚を眺めているのだろうか。遠山は指を動かす訓練をし、もしかすると、もう絵を描いているかもしれない。

そして藤木は。それだけが、どうしても浮かんでこなかった。

めずらしく、早い時間に沢村明敏が出てきて、ピアノの前に腰を降ろした。弾きはじめる。やはり古い曲らしい。ちょっともの悲しい、淋《さみ》しさを訴えるような曲だ。

「ソルティ・ドッグだ、坂井。今夜は、叶の代りに俺が奢《おご》ろう」

川中が不意に言った。弾かれたように、坂井はスノースタイルのグラスをカウンターに置き、シェーカーを振った。

ボーイがやってきて、ソルティ・ドッグをピアノまで運んでいく。

一曲終えたところで、沢村はカウンターに眼をむけた。叶を捜すように視線を動かす。川中が、片手を挙げた。いたずらっぽく笑い、片眼をつぶる。頷いて、沢村はグラスの中身を干した。

次にはじまったのは、童謡だった。うろ憶《おぼ》えだが、私も知っていた。雨だれのような弾き方だった。そこに、違う音が入り混じってくる。

「俺が、この曲をあのピアノで弾いていてね。沢村さんは、時々気紛《きまぐ》れに真似をする」

童謡が、次第に本格的な演奏になった。途中からジャズになり、また童謡に戻って終った。客席から、パラパラと拍手が起きた。客はまだ三人だけだ。

二杯目のオン・ザ・ロックを、坂井に頼んだ。律義に、氷もグラスも新しくしている。川中のところへ、ボーイがコードレスの電話を持ってきた。

「そうか、わかった」

言いながら、川中はカウンターに眼を這わせていた。

「そこまででいいよ。悪かったな。いや、ほんとにいい。あとは、こっちでやる」

手を挙げてボーイを呼び、川中は電話を返した。煙草に火をつけ、しばらく考えるような表情をしていた。

「土崎さんからだよ、坂井」

沢村のピアノはまだ続いている。グラスを磨く坂井の手が、途中で止まっていた。

「土崎というのは、ホテル・キーラーゴ所有のクルーザーの船長でね。街に部屋もあるが、半分以上は船で寝泊りしてる」

私にむかって言い、川中は煙草を消した。よく意味が摑めなかった。

「高村は、ずっと俺のクルーザーにいた。坂井のガールフレンドが、最初は付きっきりで、状態がよくなると食事だけ運んだりしていた。高村もこのところは具合がよくて、甲板の掃除なんかをしてたそうだ」

坂井が、磨きかけのグラスをカウンターに置いた。

「俺もガキじゃない。いま、高村が船を降りていったそうだが、放《ほう》っておいてくれ、と土崎さんには言った」

「そうですか」

「藤木がなにをやるにしても、俺には友だちとして立ち合う権利がある」

「しかし」

「おまえの立場は察する。だが、俺を藤木のところへ連れていくのは、おまえしかいない」

ピアノはまだ続いていた。私は眼を閉じ、二杯目のオン・ザ・ロックを口に運んだ。いま交わされているのは、私などが立ち入ることができない会話だ。直感として、それはわかった。

「高村は、おまえのガールフレンドの車らしい。土崎さんは、尾行《つけ》たりしちゃいない。どこへ行くか知ってるのは、多分、おまえだけだろう」

「俺は」

「藤木は俺に会いたがってるはずだ。会いたがらないはずはない。止められることを、怕《こわ》がってるだけさ」

「社長、俺に預けるんですか?」

「いやか?」

「命令してください」

「俺に、そんなことができると思うか。おまえは、命令されたら俺を連れていくのか?」

「いや」

「決めろ、坂井」

私はピアノに耳を傾けていた。音が、こんなふうに心の中に流れこんできたのは、はじめてのことだ。

十人ばかりの客が入ってきた。店の中が騒々しくなった。雑音の中でも、ピアノの音は際立って私の耳に流れこんでくる。弾いている沢村が、ひどく孤独なのではないか、と思えるほどだ。

川中と坂井の会話は、それきり途絶えていた。ボーイから、カウンターに註文《ちゅうもん》が殺到してきた。坂井は、機械的とも思えるほどの冷静さで、次々とそれをこなしている。ピアノが終り、沢村がちょっと川中と私に挨拶して、奥へ消えていった。

ガラスの割れる音がした。

坂井が、グラスを握り潰していた。指の間から、血が滲んでいる。

「カウンターを代ってくれ」

ボーイのひとりを呼んで、坂井が言う。顔は川中にむけたままだった。

「行きましょうか」

「ああ」

腰をあげ、何歩か歩いてから私をふりむき、川中は手招きをした。

「いいのか？」

「言ったばかりじゃないか、藤木を好きだと。それに、ドクが役に立つことがあるかもしれん」

店を出た。

赤いベストを脱いだ坂井が、すぐに追いかけてきた。

「沢村さんのピアノ、蒲生さんが死んでからはじめてだったんだな」

関係ないことを、川中が言った。坂井が頷く。

「俺の車へ」

私は言った。スーツケースが積んである。それが必要かどうかはわからないが、川中も坂井も黙って頷いた。

32　死者へ

宵の口の雑踏を、坂井は、巧みなハンドル捌《さば》きで抜けた。

ためらわず、海岸通りを西へむかった。

「兄弟分だったそうです。二十年以上も昔の話らしいですが、同じ釜《かま》の飯を食って、お互いに大きくなったんだと、高村さんは言ってました」

車が少なくなり、スピードがあがった。

「親父《おやじ》も兄弟も、みんな死んだそうです。残ってるのは、藤木さんと高村さんだけ」

「知ってる。殺したのは藤木さ」

「なにがあったんですか？」

「わからんな。藤木も言おうとはしない。俺も無理に訊こうとはしてこなかった。聞かされたところで、親兄弟を殺した藤木の気持が、ほんとうにわかるわけもない」

「何人も、刺客が来ましたよね。よく考えてみたら、俺もそのひとりだったんだ」

「卑怯《ひきよう》なことをした、という気持は藤木にはなかった。だから、逃げ隠れせずに、静かにここで待ってたんだ。心の底では、自分より腕のいい刺客を望んでいたと思う」

「つまり、死にたかった？」

「自分から死ななきゃならん理由を、藤木は見つけられなかったんだ。親兄弟を殺すには、それなりの事情があったんだろうしな。だけど殺したことには変りない。それは、藤木に重くのしかかっていたよ」

「高村さんは、刺客じゃありませんよ。この街に来るんじゃなかった、と何度も言ってました。そしたら、藤木さんにも会わずに済んだだろうって」

しばらく、誰もなにも言わなかった。かなりのスピードで、先行車を軽く抜いていく。

前方に、ヨットハーバーとホテル・キーラーゴの明りが見えてきた。坂井は、それにも眼をくれようとしなかった。

「高村というのがどういう男か、わかるような気がするな。寺島という友だちのために、この街でやろうとしていたことを見れば、およそはわかる」

「高村さんがやろうとしていることを、藤木さんが代りに躰を張ってやる。それが終れば、高村さんは消えていく。俺はそう思ってました。藤木さんからライターを手渡された時、そうじゃないんだってわかりました」

「別のこと、なんだろうな、多分」

「どうなるんですか？」

「わからんさ」

「高村さんは、藤木さんに命を救われた。その上、藤木さんは躰を張って高村さんがやるべきことをやった」

坂井は、セカンドに落としてエンジンブレーキを利かせながら、コーナーに切りこんでいった。遠心力で躰が傾き、踏ん張った左脚に鋭い痛みが走った。

「なにも言うな。社長にはなにも言うな。藤木さんはそればかり繰り返してましたよ」

後部座席にうずくまるように乗っていた川中が、煙草に火をつける気配があった。

「まさか、高村さんが藤木さんを殺そうとする、なんてことありませんよね？」

「おまえは、どう思ってるんだ？」

坂井は答えなかった。車のスピードが、さらにあがっただけだ。

「藤木さんとやり合って勝てる男なんて、そういるもんじゃない」

「そうだったよな、いままでは。殺しに来たのは、みんな金で雇われた連中だった」

「高村さんは、金で雇われて来たわけじゃない。だからどうだって言うんですか、社長は？」

「俺に訊くなよ」

「答えてくれるのは、社長しかいないじゃないですか」

坂井の声が、いきなり大きくなった。川中はなにも言わなかった。コーナーで、また遠心力がかかってきた。私は、ドアに躰を委ねて踏ん張らなかった。

「おかしい。絶対におかしいですよ」

「だが、おまえは最後の最後まで、俺に黙ってたぞ」

「言えませんよ」

「そうだよな」

「何度も、のどまで出かかりました。藤木さんのライターのことを先生に言われた時は、たまげてグラスを落としそうになった」

「なぜ知ってたんだ。ドク？」

「藤木が言ったよ。墓碑銘ってやつを、ライターに刻むと」

煙が満ちてきたので、私はちょっと窓ガラスを降ろした。

マリーナ。主《あるじ》を失って、明りはなかった。坂井は、そこに車を滑りこませた。

赤い小さな車が、一台うずくまっている。サイドブレーキを引くと、坂井が飛び出して行った。車の中に、女はいた。

「帰れって、高村さんに言われた。でも、動けなかったわ」

「藤木さんは？」

「待ってたわ、ここで」

「それで、どっちへ行った？」

女が、船溜《ふなだま》りの方を指さした。

坂井が走った。川中は、下をむいて歩いている。それでも、私よりは速い。

「ドク」

立ちどまり、顔を空にむけて、川中が言う。

「助けてやってくれ。助けられるものだったら、なんとかして助けてやってくれ」

「わかってる」

「これ以上、友だちに死なれたくない」

川中が歩きはじめた。

坂井の叫び声が聞えた。川中は走ろうとしない。

闇の中に、袋でも転がっているように、人間が二人倒れていた。

「なんでだよ、なんでなんだ」

立ち尽した坂井が、呟《つぶや》いている。

私はひとりのそばに屈《かが》みこんだ。

高村だった。腹がきれいにタチ割られていた。刺さった刃物が、上へ撥《は》ねあげられたようだ。すでに、息はなかった。

もうひとり。藤木。生きていた。しかし傷はひどい。藤木は右手に匕首を握りしめている。そのそばに、もう一本匕首が転がっていた。

「なぜだ？」

私は、脇腹の出血をなんとか止めようとした。傷口に指を突っこんで、動脈を探る。

「なぜ、刃物を抜いた？　刺さったままにしておけば、出血は少しで済んだ。わかっていたはずだろうが」

「負けたんですよ」

藤木の声は、弱々しかった。

「ぶつかった。お互いに、刺した。そこまでは、五分でさ」

藤木が、二度大きく息を吸った。そのたびに、傷口からかなり出血した。それでも、もう勢いは弱い。ほんとうなら、噴き出すように出血するはずだ。

「やつは、刺しただけだ。抉《えぐ》りもせず、手、放しやがって」

川中も、私のそばにしゃがみこんだ。

「俺は、抉って、撥ねあげた。浅ましいもんでさ」

手の施しようはなかった。

生と死の境界があるなら、藤木はすでにむこう側に行っていて、私たちに語りかけているのだった。

「負けでさ」

「喋るな」

無駄なことしか、私は言えなかった。

「匕首《ドス》を、高村に返す」

「だから、抜いたのか。死ぬとわかってて」

「返して、やってくれませんか」

「握らせてやるよ」

「動けねえんです。返そうとしたけど」

「わかった」

「俺の兄弟分でさあ。男、です。てめえだけ、死のうとしやがった」

「藤木さん、俺だ」

坂井が、叫んだ。かすかに、藤木の顔に笑みが浮かんだような気がした。

「社長は？」

「ここにいる。ここにいるぞ、藤木」

「やっぱり、会いたかったです」

一度閉じた藤木の眼が、川中の姿を捜すように、大きく見開かれた。しかし、その眼にはすでになにも映ってはいないようだ。

「命、粗末にしないでください」

「説教か、こんなになっても」

「あんたは、やりかねん」

「そういう時は、命を棒に振った馬鹿な友だちのことを、思い出すことにするよ。藤木年《とし》男《お》って馬鹿野郎をな」

「藤木、で死ねますか？」

「当たり前だ。俺と坂井が見てる」

「いい思い、しました。社長の下で」

声が、さらに弱々しくなった。

「ライター」

「えっ、ライターがなんだって？」

「持っててくれ」

藤木の手が、虚空を掻《か》くようにかすかに動いた。それから、ただの物体になっていった。

私は、目蓋《まぶた》に指を当てた。

川中が、坐《すわ》りこんだまま、空を仰いだ。坂井が、声をあげて泣きはじめる。

私は腰をあげた。杖はどこかに放り出していた。腿に痛みが走ったが、構わなかった。痛い分だけ、生きている。

血にまみれた指で、煙草を挟んだ。火をつける。まだ残っている何隻かのヨットのステイが、カタカタとマストを打っていた。風が出てきているようだ。

私を徐々に包みこんできたのは、不思議な感情だった。死ぬために、生きる。理由はなかった。人間は、死ぬために生きる。私もまた、死ぬために生きている。

それが、躰にしみこむようにわかった。

死ぬために生きる。何人の男に、それができるのか。眼を閉じた。生きることも、捨てたものではない。

坂井が、二人の屍体《したい》を並べていた。女の悲鳴が聞えた。坂井は、そちらを見ようともしなかった。二人の手に、それぞれ匕首が握らされている。

「車で待ってろ」

坂井の声は落ち着いていた。

女が車に戻っていく。私は、煙草を捨てて靴で踏み潰した。じっと立っていた川中が、ゆっくりと私に近づいてきた。

海は静からしく、岸壁に打ち寄せる波の音は小さい。しかし、どこまでも深い闇だった。

私は左脚に力を入れた。痛みが、躰を走り回った。

「助けられなくて、悪かったよ」

「死ぬ気になった男を、助ける方法なんてないさ」

「それでも、悪かった」

「医者ってのは、そういうものなのか？」

「自分が触れた人間が死ぬ。大きな病院なら、毎日のようにあることさ」

「煙草、あるかね？」

私は、パッケージごと川中に渡した。マッチの火が、一瞬川中の顔を赤く染めた。指さきに付いた藤木の血は、すでに固まりかかっている。坂井が、そばに来て立った。

私がくわえた煙草に、ジッポの火を差し出してくる。

「このヨットハーバーも、秋には壊されるそうだ」

「いい場所にあるのに」

「海が、牙《きば》を出しているのさ、ここは」

川中が煙草を捨て、私も捨てた。

「誰かが、ホテルを建てるそうだよ。秋山のホテルが、繁盛してるからな」

「ホテルとしての、場所はいいわけだ」

「いいね」

沈黙に耐えられなくて、喋っているだけだった。

「帰ろうか、ドク」

「二人を、そのままにして？」

「忘れなければいい」

川中が歩きはじめた。片脚を引き摺《ず》る私に、坂井が肩を貸してきた。

波の音が、遠くなっていった。

本書は平成四年三月に刊行された角川文庫を底本としました。

ハルキ文庫

き 3-28

黙《もく》約《やく》 ブラディ・ドール❻

著者 北方謙三《きたかたけんぞう》

2017年7月18日第一刷発行

発行者 角川春樹

発行所 株式会社角川春樹事務所
〒102-0074 東京都千代田区九段南2-1-30 イタリア文化会館

電話 03(3263)5247(編集)
03(3263)5881(営業)

印刷・製本 中央精版印刷株式会社

フォーマット・デザイン 芦澤泰偉
表紙イラストレーション 門坂 流

ISBN978-4-7584-4103-2 C0193 ©2017 Kenzô Kitakata Printed in Japan
http://www.kadokawaharuki.co.jp/[営業]
fanmail@kadokawaharuki.co.jp[編集] ご意見・ご感想をお寄せください。